40歳のとき氷室の前で写す

# 追分における堀辰雄

# 堀　辰雄

●人と作品●

福田清人
飯島　文
横田玲子

清水書院

原文引用の際，漢字については，
できるだけ当用漢字を使用した。

# 序

青春の季節に、いろいろな業績を残した人たちの伝記、あるいは文学作品に触れることは、その精神の形成に豊かなものを与えてくれる。ことに、美や真実を求めて生きた文学者の伝記はその作品理解にも大きな鍵となるものである。

清水書院から、若い世代を対象にこうした作家の伝記とその作品鑑賞のための「人と作品」叢書の企画について私に相談があった。その執筆者には、既成の研究家よりむしろ立教大学の私の研究室に関係のある新人に依頼したいこと、そしてその人々の新鮮な表現を期待するというようなことであった。

さて、この本は叢書中の「堀辰雄」である。堀辰雄は、私と東大国文科を、昭和四年三月同時に出た。その点から云えばクラスメートである。

しかし在学中、教室で顔をあわせたことは一度もなく、ただ卒業試験の面接日、おなじ室に教授の呼び出しを待合せていて、級友から、あれが堀辰雄だと、示された程度であった。すでに堀はその直前『文芸春秋』に「不器用な天使」を発表して、まばゆいような存在であった。

ところが、その後、私がその編集部につとめるようになった第一書房から、堀が編集する『文学』が発行されることになり、一週一、二回堀はベレーをかぶり、軽くステッキをうちふって、社にその姿を現わすようになった。この機会に親しくなり彼の向島小梅の家に誘われ、一緒に浅草を案内してもらったこともあった。『文学』は六号で廃刊となり、堀もその後病んで信州に静養生活を送るようになって、いつかおたがい疎遠になってしまった。

堀は永眠してすでに二十数年、半古典作家となりつつある。こうした彼の生前のゆかりもあって、いま私の研究室にあった者の手で、客観的にその生涯が描かれることはまことに感慨深いものがある。

この本をまとめた飯島文・横田玲子の両君は、昭和四十年立教大学日文科卒業生で、在学中近代文学を専攻し、それぞれすぐれた卒業論文を書いた。この本では主として横田君が資料を蒐集しつつ、ふたりはよく会って話しあい、飯島君が執筆に当った。対象をある距離において眺め、決して甘えていない。時に微笑を誘うようなユーモア味もある章句があるのは、詩才ある飯島君のエスプリである。

私は堀を描くにふさわしいなかなか鮮度のある文章と思っているが、それは私の研究室から巣立った者へのひいき目からであろうか。私はそうは思わない。

なお軽井沢の写真は立正女子短大教授で詩人の原子朗氏及び写真家早川光雄氏の撮影によった。

福田清人

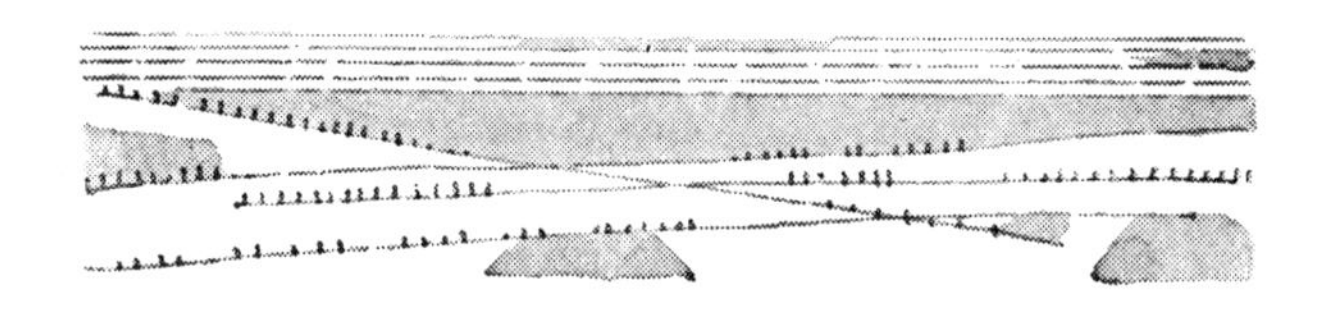

# 目次

## 第一編　堀辰雄の生涯

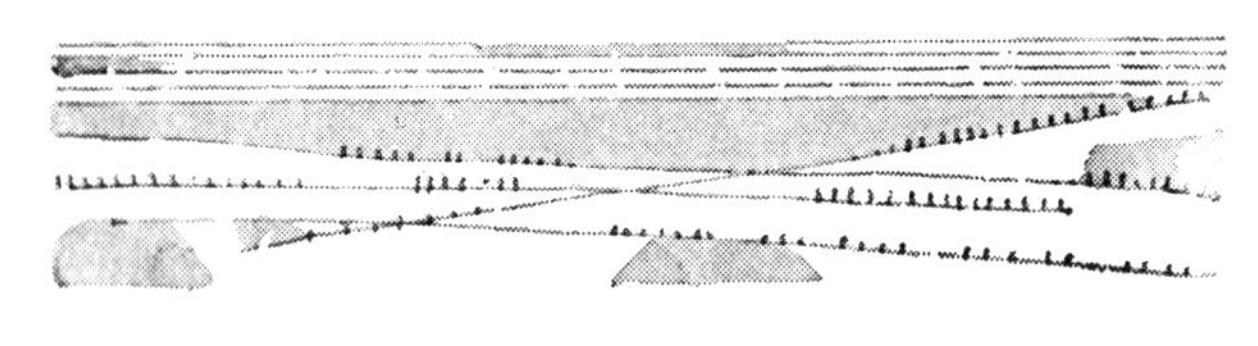



## 美しい村……四八



## レクイエム……六八

## 第二編　作品と解説

# 第一編　堀辰雄の生涯

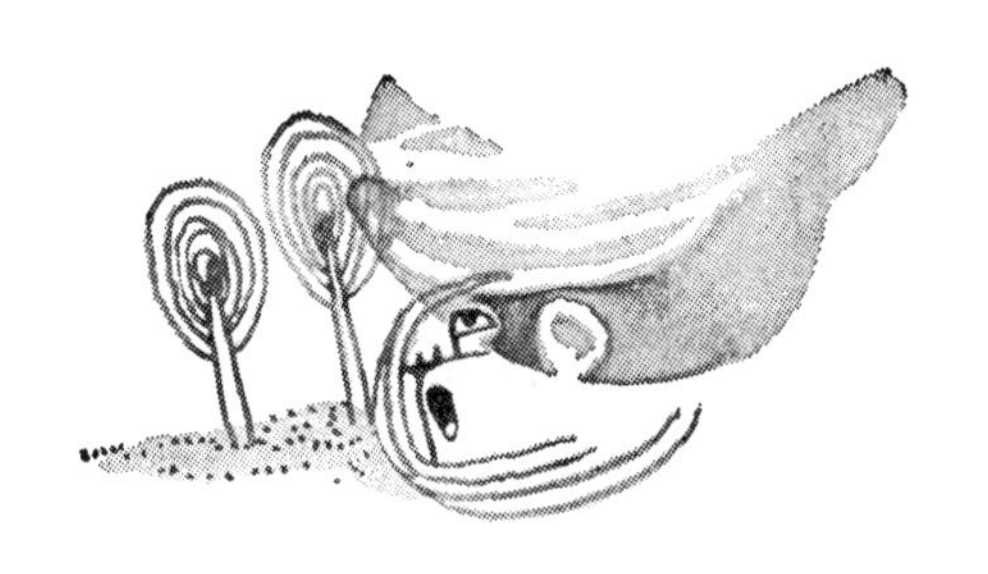

# 詩人の出発

## 生いたちの秘密

学校からの帰りみち、母と子とはよくこんな会話をし合った。

「もう明日からは一人で学校へお出……」

「うん」

「……いいかい、お前の苗字を忘れるんぢやないよ……」

「うん……」私は自分にどうしてそんな父とは異つた苗字がついてゐるのか訊かうともせずに、まるで自分の運命そのもののやうに、それをそのまま鵜呑みにしようと努力してゐた。（「幼年時代」）

小学校にあがったばかりの少年は、先生から苗字を呼ばれても、どうしても一度で返事をすることが出来なかった。少年の苗字は、どういうわけか父親とは異なっていたから、その新しい苗字を忘れまいとすればするほど、肝心な時には、それをすっかり忘れてしまうのだった。

少年、堀辰雄は、昭和十三年に父親が死ぬまで、自分の苗字が父親とは異うその辺の事情をさして疑うこともしなかったし、また知ることもなかった。辰雄が三十五歳の折、加藤多恵子と結婚して間もなくのこと父上条松吉が向島の家で死んだ。その百カ日も過ぎたある日、田端に住んでいた母方の叔母から一面に雪の下の生い広がる小庭に面した縁先で、はじめて堀辰雄は生い立ちの一部始終を知らされたのである。

堀辰雄は、明治三十七年十二月二十八日、麴町平河町に生まれた。生父は堀浜之助といい、広島県の士族で維新後に上京し、裁判所につとめていた。浜之助には国もとから連れて来た病身の妻があった。江戸の落ちぶれた町家の娘であった辰雄の母、西村志気がどうして妻もある身分も年もちがう浜之助と知るようになり、辰雄を生むようになったのかは明らかでない。堀辰雄は母親が若い頃写した写真の服装を見て、どうも素人の着るものではない、母は父のところへ来る前は芸者をしていたのだろうか、と「花を持てる女」の中に書いているが、これはまあ堀の小説的空想であろう。

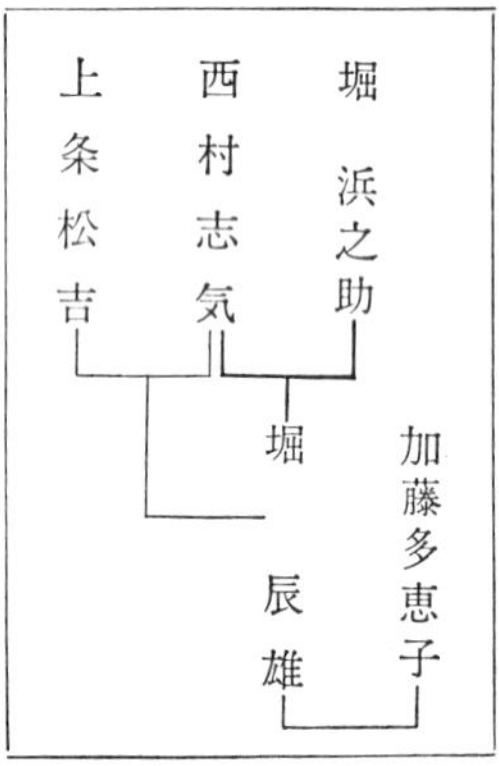

辰雄は生後すぐに堀家の跡とりとして、麴町の堀家に母とともにひきとられた。堀家ではしばらくの間、浜之助の病身の妻と、西村志気とのいわば妻妾同居の生活が続いたが、志気は辰雄が三歳の時、向島小梅町に住む妹をたよって堀家を出た。母子が、その後二度と会うことのなかった浜之助は、明治四十三年、長いあいだ脳をわずらって死んだ。それはちょうど辰雄らが、前の年の秋洪水にあって避難していた神田連雀町の大きな問屋から向島に戻って来て、水戸さまの屋敷裏小梅町に移り住んだ頃のことである。

志気は堀家を出てから、向島土手下に、祖母に手伝ってもらって小さなたばこ屋をひらいた。志気がその

堀浜之助
西村志気
上条松吉
堀辰雄
加藤多恵子

堀家系図

店をやめて、向島須崎町に住む彫金師、上条松吉のもとに片づいたのは明治四十一年辰雄が五歳の時である。いろいろないきさつもあって独り暮らしをしていた下町の職人のところに、勝気な母親が子を連れて再婚したのも、ただもう息子が可愛いかったからで、どんな人でもいい、子供さえ大事にしてくれる人であれば、といった気持からだったのであろう。

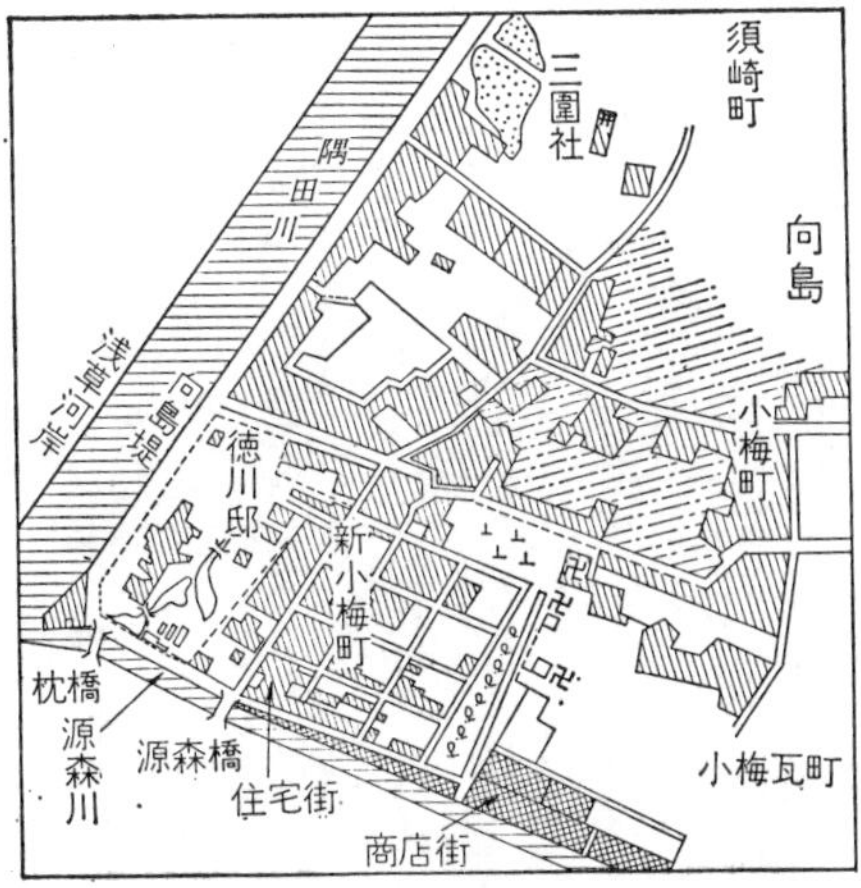

向島地図
明治42年（堀辰雄6歳当時）

松吉は江戸っ子肌のさっぱりした気性と、下町風の温情から、誰の目にもほんとうの親子としか見えないほどに辰雄を可愛がった。堀は、この養父を長いあいだ実父と信じていたのだが、それも辰雄の稟質から、というよりは松吉の下町風なこまやかな人情が、そんな事情を辰雄に気づかせなかったのに違いない。辰雄が二十二歳の夏、軽井沢のつるや旅館にあって書いた二十三通の父への手紙（これらの葉書は、特に堀自身の手で「父への手紙」としてまとめられている。）は、多少子供が威張っているところなど、父子間の情愛を読者に伝えて余りある。

彼の家は向島の水戸屋敷の裏の露路の奥の、薄暗

小梅の父（養父）と
幼時の堀辰雄

い汚い家で、おやじが弟子と石灰の型を造つては金物へ彫つていた。彫金といつても、芸術的なそれではなく、商業的彫刻、いや職人のそれだと云つた方が正確かと思う。

（西村龍昇「少年堀辰雄」）

当時の堀辰雄の級友の記憶である。後年、瀟洒な異国風の別荘の並ぶ高原の避暑地軽井沢を舞台に、フランス文学の影響を受けて知的、心理主義的なロマンの世界を展開した堀辰雄は、東京の下町の中流以下の職人の家庭に育ったのである。

谷田昌平は堀文学を、極端な言い方をすれば、と前置きして「下町の家庭から脱出し、その下町的な『一種の翳り』を打ち消す方向に向かっていとなまれた」文学だとしている。三十代も半ばを過ぎてから、下町における幼年時代の想い出、その想い出が心に落とす一種の翳りを、仄かな光線にあてて浮かび上がらせ、

「幼年時代」「花を持てる女」などの幼時追憶の書を、父上条松吉の死をはさんで書いたのも、自分が知らず知らずのうちに抹殺して来た何ものかに対する贖罪めいた気持ちからだったのではないだろうか。

## 少年時

大正六年三月、牛島小学校を卒業した辰雄は四月に府立第三中学校に入学した。

結核に罹ってからの堀辰雄はお世辞にも良い人相だとは言い難いが、中学校時代の堀は明るい微笑を湛えた頰にえくぼの目立つ、大柄な、なかなかの美少年であった。野蛮な（堀辰雄にくらべての話だが）級友たちの中には、「お嬢さん」と陰口をきくものもあったという。

また、堀の小綺麗ななりは、当時の中学生の野暮ったい小倉服の中にあっては、ちょっと目立つものであった。級友平木二六は、母親の心づくしの別仕立の煙の立つような濃紺色の服をまとった、異様に目立つ堀辰雄の美少年ぶりを記憶している。この頃は得意の学科が数学で、文学にはまだ親しんでいない。蘆花、藤村、鏡花などの小説をほんの少し、読んだばかりであった。読書の傾向も量も並みの中学生と同じで決して文学少年ではなかったわけである。

ひとかどの人物には、それがまあ良いものであれ悪いものであれ、さまざまな伝説やエピソードが長いあいだには原型を失いながらも友人や家族間に語りつがれるのが常だが、中学時代の堀辰雄は頭の良い、だが平凡でおとなしいはにかみやの美少年として、人々の記憶に残っているにすぎない。中学時代だけではなく、それからさきもダンディな「風立ちぬ」の作者は、大酒を飲んで階段からころげおちたとか、私娼窟から牛に乗って学校に通った、というような類の華々しい勇敢なエピソードをついに持たないのである。

もっとも、堀辰雄は長い航海から帰って来た船に、夥しい牡蠣や海草が付着しているように、年々人生に堆積してゆくさまざまなエピソードをけずりとるようにして人生の本質そのものに迫ろうとした作家である。日本の伝統的な私小説作家が、エピソードの方を念入りに書き、あとは打棄っておいてエピソードの余韻のうちに人生のなにものかを、本質を暗示させようとしたのに対し、堀辰雄の文学は、その余韻から始まっており、そして、最後まで余韻の世界に終わっている。その静謐で丹念な「時の推移」の描写の底には、水に映る私たちの顔のように、人生の本質が揺めいている。そういうテクニックを身につけていた点で、堀はたしかに先駆的な作家といえよう。

## 友情

私は是手紙を第一信として、君に送る。これをきつかけとして、手紙の上で大いに芸術についてお互ひの議論（厭な言葉だが）を話し合はないか。どうも口下手の僕には、勝手が好いし、面倒臭いがそれだけ深く考へてから、言へるからこの方がほんとうだらうと思ふ。お互ひの長所や短所も言ひ合はう。忌憚なく非難し合はう。主張し合はう。讃め合はう。恋も語り合はう。そして、君と僕と会つたときはその時の気分気分によつて、自由に話さう。雑談 Plauderei は僕は好きだ。近いうち、遊びに来ないか。まだ Three Castle が残つてる、また好い煙草が買いたい。（略）

さて、これからの手紙は、永久にとつて置かう。何年振りかで、これらの手紙もなつかしくなるに定まつてる。悪口をたたきあつて、お互に厭になる友達ぢやあ、駄目だね。

（大正十二年三月十七日付、新小梅より　神西清宛書簡部分）

大正十年四月十八歳の堀辰雄は四年終了のまま第一高等学校理科乙類に入学した。大正期の文学的天才には落第者が多いが、堀は一種の旅上手でもあったように、生きることの上手な面もあったから、落第などというつまらない真似はしなかった。余談になるが、この上手に生きた堀の一面が、堀の人物評価のうえで毀誉褒貶あい半ばするところであって、これを堀の人徳によるとする向きと、東京人らしい要領の良さで片づける向きとがある。

とにかく堀辰雄は落第しないどころか、二階級特進という秀才ぶりで高校に進んだのである。折角医者を夢みて理科にはいった生徒が途中から文学に転向したのは、一高の寮生活中に神西清と会ったためである。

堀の一高時代の重要な出来ごととして、ほかに、母親が関東大震災で悲惨な死を遂げたこと、芥川龍之介と室生犀星を知ったことが挙げられる。

堀と神西の永い友情（神西は堀の死後、堀辰雄全集刊行のために中心となって編纂にあたり、刊行半ばにして病に倒れ完成を見ずして死んだ。その友情は三十三年の長きにわたった）は、文学に口を糊するものとしての文学的信念、節操、行儀の類に至るまで、深い共感で結びついたものだった。堀の書簡中、神西宛のものは百数十通もあって、群を抜いて多い。

神西、堀間の書簡と言えば、堀の書簡を約束通りマメに保存していた神西が、中で一通自分で焼き捨てた手紙のあることを、新潮社版全集月報で「白状」している。堀がうるさい寮生活をやめて、自宅から通学していた頃、萩原朔太郎論を一席ぶつためにあまりしばしば神西が堀のもとを訪うので、堀は神西の文学的友情を、当時寄宿舎ではやっていた衆道的色情のあらわれと誤解して、拒絶的文面を神西のところによこした。とんとそんなつもりのない神西は、憤然としてその手紙を火鉢で焼き捨ててしまった、というのである。

こういう手紙を書いて出したり、もらった方でもそれをまた焼き捨てるような、無垢で純一な友情というものは、二十歳前の人生にしかないものである。二十歳前のほんとうの青春、青春にさえまだ馴れていない時期にあっては、誰しもナルシシズムも手伝って友情に打ち込んでしまうものではないだろうか。それがたとえ言い難い羞恥の中に想い出されるのが常だとしても、砂糖の中の一つぶの砂のように悔恨の混る幼い恋の想い出とは違って、この時期の友情を悔いるものはおそらく誰もいないだろう。青春の最初の徴候は家族との訣別である。この秘密の訣別の共謀者は、不確かな幼い恋の相手ではなく、分身のごとくに忠実な友人でなければならない。少年時の友情は、そこにもう一人の共犯者を見い出すことに始まる。

さて、堀の最初の文学修業で師匠格だったのは、神西清の方であった。と言うより、神西は後年の堀文学に必要であった道具立を用意してやった、と言う方が適切であろう。中村真一郎は「堀さんとプルーストの出会い、また、わが国の古代文化との出会いに、神西さんの果たした役割りは、意外に大きなものであったに相違ない。」(「神西さんと堀さん」)と述べている。堀辰雄とプルーストの出会いというのは、大分後の話しで辰雄が昭和五年に「聖家族」を書き上げてからひどい喀血をして床についていた時に、神西清からプルーストの「失われた時」をおくられたことを指す。

それよりずっと以前、堀の文学的出発の一つの契機ともなった萩原朔太郎の『青猫』が出た当時（大正十二年）、早速それを読むよう手引きしたのは神西清であった。『青猫』を読んだその少年の日に、堀辰雄が考えたことは――萩原朔太郎の詩のもってゐるものを散文の領域に発展させた、哲学的な内容といふよりもむしろそのやうな情緒をたぶんに持ったエッセイの書ける、いままで日本に一人もいなかったやうな Poet-Philosopher――になることだった。後年、萩原朔太郎自身がそうなったように、堀辰雄もまた（一高生時代ほどは哲学的でないにしろ）、その文学の中に一種ストイックな、意志の哲学とも言い得るような哲 学性を身につけていったことはたしかだ。

三十三年といへば決して短かくない交友期間を通じて、僕が彼にしてやれた唯一の善事は、おそらく彼を朔太郎の詩に近づけたことぐらゐのものだつたらう。

当時を回想して、神西清はこう語る。神西清は中学時代から惚れこんでいた萩原朔太郎の『月に吠える』の、病的とも言える陰湿なエロティシズムを親友堀辰雄に吹聴した。しかし、月に吠える放浪詩人の欲情主義は、どうにも数学志望の美少年、堀辰雄の世界のものではなかった。第二詩集『青猫』が出るに及んでようやく堀は、神西の勝手な吹聴に耳を傾けるようになった。ところが神西の方は、『青猫』の閑雅な抒情主義への朔太郎の転身に丸めこまれた堀辰雄に、どうにも我慢のならぬスノビズムを感じとって、こんどは反

朔太郎と「青猫」初版

朔太郎論を堀の前で喋喋する破目となってしまった。
　そういう神西のあまり理由のない嘲罵を聞きながら、妙にこめかみのへんを蒼くしてうつむいている若い堀辰雄の表情は、かえって人を感嘆させてしまう種類の強情の美しさに溢れていた。

たうとう或る日、彼は僕に向つてきつぱりと宣言した。「もう僕の前で朔太郎の話をしないでくれないか！」僕は快諾した。僕だつてさうさういつまで朔太郎の悪口は言ひたくなかつたからである。思へばこれが彼が僕とした最初の喧嘩であつた。しかもそれが最後であつたわけではない。この種の喧嘩なら、最近の十年ほどは別として、何べんか繰り返されたのである。さうした喧嘩を通じて、僕はだんだん堀辰雄といふ人間を理解するやうになつた。

一般に堀辰雄はフォーナ（動物）に対するフローラ（植物）型の作家だと言われている。これはそう堀が自称したのであって、いわば名刺の肩書きのようなものである。その強い意志も、逞しい意欲も弱々しい女性的なからだつきや東京人らしい賢明さのかげに隠れてはいたが、時にその意外な面を表わして友人らを驚かした。友人らを驚かしたり、感心させたりしたこの意外な一面は、一面ではなくて本質であったようだ。堀はそういう自分のかたい鉱物のような強情な意志を、植物質のオブラートに包んではいたが、その硬さと鋭い角とは、時として人を傷つけた。それも決して傷とは言わせないような傷つけ方で。「聖家族」の中で「ダイヤモンドは硝子を傷つける」と言って、ダイヤモンドに傷つけられた自分を労わってはいるが、事実は常にこの逆だったようだ。

## 軽井沢と犀星

堀辰雄が、三中校長広瀬雄の紹介のもとに、当時田端に住んでゐた室生犀星を訪れたのは、大正十二年五月、堀が二十歳の時であった。

或日お母さんに伴われて来た堀辰雄は、さつま絣に袴をはき一高の制帽をかむつていた。よい育ちの息子の顔付に無口の品格を持つたこの青年は、帰るまで何も質問しなかつた。お母さんはふつくりした余裕のある顔付で、余り話ができない人のようだつた。

（室生犀星『我が愛する詩人の伝記』）

この夏に、堀ははじめて室生に連れられて、軽井沢で幾日かを過ごした。軽井沢から出した八月四日付の、神西清あて葉書に、「僕の散歩のお友達は、舶来の煙草と詩人犀星だ」という文面が見える。舶来煙草と一緒にされた詩人犀星は、明治二十二年生まれで堀辰雄より十五歳の年長である。

こんな風に、堀辰雄はちょっと年上の友人に甘えるところがあった。また、堀の方にも堀の気にさわるようなことはしたくない、そんなことまでまわりの人間に自然に気をつかわせる妙な人徳があった。田舎者をもって任じていた犀星から見ると、生粋の東京人の堀は、あぶなっかしいくらい女性的であった。そして、いつも、あがっているような、そわついているような印象を与えた。室生犀星は、堀辰雄にいろんな新しいこと――軽井沢に連れて行ったり、芥川に紹介したり――を教えたし、若い堀が、新しいことに出っくわすたびに、あがってしまって落ち着かなかったのも無理はない。

夏休みに訪れた軽井沢は、当時まだ二十歳の堀にとっては、〝美しい村〟としてのそれではなく、むしろ〝美しい町〟であり、高名な詩人に連れられて歩く得意と、きれいな異人さんたちがふんだんに見られる楽しみの多い別荘地であった。

軽井沢を生まれて初めて訪れた下町っ子には、道で出会う異人さんと異国語は、活動写真でも見ているような新鮮な驚異だったであろう。

西洋人は向日葵より背が高い

西洋人や西洋の匂いのするものが大好きだった堀の、無邪気で新鮮な、憧れを仄かにまじえた驚きの表現である。末尾に！エクスクラメーションマークでもつけて、口笛でも鳴らしたいような一句ではないか。

## 師・芥川龍之介

堀辰雄は同じ年の秋に、室生犀星に紹介されて、芥川龍之介と相知った。関東大震災の直後、犀星が金沢に一時ひきあげようとしていた頃である。紹介されるとすぐに、堀は芥川のもとに詩を二篇送った。折り返し芥川からは返事が来た。

冠省　原稿用紙で失礼します。詩二篇拝見しました。あなたの芸術的心境はよくわかります。或はあなたと会つただけではわからぬもの迄わかつたかも知れません。あなたの捉へ得たものをはなさずに、そのまゝずんずんお進みなさい。（但しわたしは詩人ぢやありません。又詩のわからぬ人間たることを公言してゐるものであります。ですからわたしの言を信用しろとは云ひません。信用するしないはあなたの自由です。）あなたの詩は殊に街角はあなたの捉へ得たものの或確実さを示してゐるかと思ひます。その為にわたしは安心してあなたと芸術の話の出来る気がしました。つまり詩をお送りになつたことはあなたの為よりわたしの為に非常に都合がよかつたのです。実はあなたの外にもう一人、室生君の所へ来る人がこの間わたしを訪問しました。しかしわたしはその人のために何もして上げられぬ事を発見しただけでした。あなたのその人と選を異にしてゐるのはわたしの為に愉快です。あなたの為にも愉快であれば更に結構だと思ひます。以上とりあへず御返事までにしたためました。しかしわたしへ手紙をよこせば必ず返事をよこすものと思つちやいけません。寧ろ大抵よこさぬものと思つて下さい。わたしは自ら呆れるほど筆無精に生れついてゐるのですから。どうか今後返事を出さぬことがあつても怒らないやうにして下さい。

十月十八日　　　　　　　　芥川龍之介

堀　辰雄様

作家になるということは、なかなか一人では出来ないことである。かのランボオでさえそうであった。彼が三度目のパリ行きに失敗した時に悟ったのはそのことであった。ランボオは原稿をポール・ヴェルレエヌに送りつけた。それから二人の友情は始まったのだという。若くして二人のすぐれた文学者、芥川龍之介と室生犀星の知己を得た堀辰雄は、そういう文学的交友の面ではたしかにラッキーな人間だったと言えよう。

「君となら安心して芸術の話が出来る。」と晩年の（芥川龍之介は、この手紙を書いた四年後の昭和二年七月二十四日に睡眠薬自殺を遂げた。）芥川をして言わしめた、そのなみならぬ堀への愛情は、当時の文学青年らを大分羨しがらせたようだ。伊藤整は当時の青年の〃羨望〃を、雑誌の座談会上で次の様に語っている。

芥川が堀君の「虫歯」の詩をほめた文章を、『文章倶楽部』に書いたのを、ぼくは羨望して読んだけれども、それが大正十四年じやないかな。

ある作家のシニカルな目には、当時の堀は、いくらか「芥川の稚児さん」風でさえあった。

晩年の芥川龍之介が、もっとも心にかけていた青年文学者が堀辰雄だったということは、今日、近代文学史上の一つの定説となっている。もっとも、芥川は堀辰雄とは違った意味で、若いプロレタリア作家、中野重治にも注目していた。この対照的な二人の作家に、死を目前にした芥川が関心を示したという事実は、文学史上実に予言的な意味を持っている。おそらく芥川は、芥川の死以後に開くべき季節を鋭く見抜いていたのであろう。

芥川と中野重治の関係が、中野重治の「むらぎも」に明らかなように、堀と芥川の関係は、一応「聖家族」に説き明かされている。堀の出世作でもあり、また本格的な小説の処女作でもあるこの「聖家族」は、芥川の死の三年後、昭和五年に発表された。発表された当時、小林秀雄はこれを「むずかしい詰め将棋を何とかかんとか詰ましちゃったような小説だ」と評している。この言葉は、当時の知識人たちにとってまさに「むずかしい詰め将棋」であった芥川の死を、堀が「聖家族」の中で何とか解決していることを指しているのであろう。芥川は芥川の敗北の自殺を超え得る次の世代として、堀辰雄と中野重治に期待していたのである。

### 母の死・詩人の出発

さて、大正十二年という年は、堀辰雄の生涯のうちもっとも明暗のコントラストの強い年であった。芥川や犀星に知られる幸運のほかに、二つの死が堀辰雄の上を過ぎていった年でもあったからだ。運命の女神は、片眼をつぶり片眼を開けていたのである。

路易は十九になつた。夏休みになつても、田舎へなんか行きたがらなかつた。彼はわざと、自分の発育ざかりの肉体をいぢめてゐた。彼はすこし咳を出した。彼の母がそれを心配して無理矢理に彼を以前の海岸に連れて行かうとした。その前日、地震が起つた。(「顔」)

大正十二年九月一日、関東大震災が起こった。東京の被害状況焼死者十万余、被害世帯四十万戸、関東一帯は惨憺(さんたん)たる一巻の地獄絵であった。

あくる日、火事が下火になつたので路易はともかく焼跡へ引返さうと思つた。焼跡にきて見ると、彼の父が一人きりで、まだぶすぶす燃えのこつてゐる火の上で自分のずぶ濡れになつたシヤツを乾してゐた。それを見ると路易は微笑した。彼の父は逃げ遅れて一晩ぢゆう川の中に漬(つか)つてゐたのだつた。しかし彼の母はいまだ行方不明だつた。夕方、やつとそれが川の中に溺死体となつて発見された。(「顔」)

辰雄の母、志気は震災で火に追われて隅田川で溺死した。堀辰雄もまた、龍巻(たつまき)に投げ上げられて隅田川に落ち、川に浮かんでいた避難者で満員の和船に、運よく小学校の同級生が乗っていて、棹(さお)を差し出してくれたので助かったのである。

関東大震災は日本の首都の面目を一変させた。古い江戸のなごり、明治のにおいはこの震災によって失われ、同時に日本全体に新風、新しい生活様式や文化が採り入れられた。そのような意味において、大正末のこの天災は一つの時代の区切りであり、また大正と昭和とを画するための指標ともなった。こと文学に限ってみても、大正十二年九月一日をさかいとして日本の文学史は大きく変わった。震災直後、菊池寛は次のように書いている。

地震は、われわれの人生を、もつとも端的なすがたで見せてくれた。……われわれは生命の安全と、その日の寝食との外は何も考へなかつた。われわれはそれ丈で十分満足してゐた。一家が安全に、この災厄を切りぬけようと祈念する外は、何の心もなかつた。それ以外のものは、われわれに取つて、凡て贅沢だつた。人は、つきつめるとパンのみで生きるものだ。それ以外のものは、余裕であり贅沢である。

（「災後雑感」）

ニヒリズムがインテリゲンチャの中に、深く浸透していくのは関東大震災をさかいにしてである。しかし、堀の一生の中で、もっとも深刻であったはずの震災の体験は、なぜか語られずに終わった。堀の芸術の完成のためには、この悲惨な母の死は作品から抹殺されるべき何ごとかであったのだろうか。それとも母の惨死は、堀の作品群に投げかけられる一条のレンブラント光線と化して、ひそかに生きているのであろうか。

堀辰雄は、自分に似合わぬネクタイは決してしめなかったように、身に合わぬことには手を出さなかった。そういう意味で堀は大胆であり、聡明であった。若い世代に堀が好んで読まれるのも、現実世界にあることは全部小説のネタにしようという、私小説作家が落ち入りがちな下手にしみったれた気持ちのないこと、あくまでも純粋小説世界に固執した大胆な身綺麗さによるのではないだろうか。若者のお洒落（しゃれ）は本能である。

堀の華麗な文学的いとなみの蔭に抹殺された、これらの父と母のわびしい姿、その素朴な情愛を下町の追憶とともに甦（よみがえ）らせたのは、父松吉の死後、三十代も半ばをすぎてから書いた「花を持てる女」の中においてであった。

勝気でしつかりとした人、私のことだとすぐもう夢中になつてしまふ人、——誰でもが私の母のことをさう云ふ。

（「花を持てる女」）

勝気な母親は、息子の中学受験のために、不断からたしなんでいた酒と煙草を断ったり、また、将来ものを書く人間になることを考えて、わざわざ菓子折をさげて知合いの製本屋に行き、うちの子の本が出るようになったら、どうかよい本をつくってやって下さいと頼んだそうである。製本屋さんはあきれて返事も出来なかったであろう。

母　志気

同年冬、二十歳の堀辰雄は胸を患って死に瀕した。堀が一生付き合わねばならなかった結核との最初の出会いである。しばらく休学して療養につとめた。

関東大震災で隅田川に溺れて死にかけたこと、母親の死に遭ったこと、冬に発病して死に瀕したこと、死が一つの季節を青春の堀辰雄に開いたのは、芥川の自殺をまたずともすでにこの年のことであった。後年堀は、震災の思い出を「人間一度は死にはぐれないと駄目だね」と、めずらしく激しい言い方で友人らに語ったという。

# 死の季節

## 夏の休暇・愛の最初の徴候

大正十三年八月、堀辰雄は金沢の犀星を訪ねた帰り、前年泊った軽井沢のつるや旅館に投宿していた芥川を訪ねて一泊した。これは堀にとって二度目の軽井沢訪問であり、彼と芥川の結びつきをより一歩前進させることになった。

翌大正十四年、二十二歳の夏の休暇に堀辰雄は三度軽井沢を訪れた。これは堀にとって重要な年となった。

> 午後一時に着く。霧が降つてゐてかなり寒い。まだ僕の借りることになつてゐる村幸（骨董商、この夏主人の病気などあって堀はひどく不自由な思いをしている）の家ではまだ来てゐない。困つてしまつた。仕方がないので一時鶴屋に泊ることにした。

旅館“つるや”

七月九日、養父上条松吉にあてた「父への手紙」の第一信である。七月から九月にかけての長期の軽井沢滞在は大分金がかかったらしく、二十通余りの父への手紙は金の工面と催促に終始している。もっとも、「この八十円のお蔭で、僕もだいぶ一流の人々に可愛がられたんだから。いくらか堀辰雄も有名になったんだよ。」という文面が見えるところから察すると、この投資は無駄ではなかったようだ。

この年の夏は、雨の多い不順な陽気であった。八月十三日には犀星が、続いて二十日には芥川がつる屋に着いた。芥川は昨年に続いて二度目の軽井沢行であった。追分宿の寂れ切った、しかしそれなりに昔日の面影を残しているたたずまいや、軽井沢から中仙道にかけて、咲き乱れる白い蕎麦(そば)の花の中に点在する氷室(ひむろ)などを堀辰雄を連れては見てまわった。また、夏の末に、売れ残った犬(外人の別荘客のために洋犬を商う商売があったのである)を何匹もつれて来た犬屋が、軽井沢ホテルでオークションをした時など、あの犬嫌いで有名な芥川が、何を思ったか堀辰雄に犬の名前だの値段だのをかたはしからノートさせたりしたこともあった。

さて、この夏の避暑地での休暇が堀の生涯と文学を決定した重要な出来ごととなったのは、芥川との長い生活もそうであるが、芥川に紹介されて松村みね子母娘を知ったことにもよる。

松村みね子は、片山ひろ子のペンネームをもつアイルランド文学の翻訳者としても知られる女流歌人である。芥川龍之介が「越びと」などの歌に詠んで思いを寄せていたこの夫人は、芥川より十四歳の年長であった。芥川は十三年と十四年の二夏を軽井沢で過ごしたわけだが、そのどちらの年のことであったか、芥川が浴衣姿でいきなり宿の松の木に登る、あまりうまくはない映画が残っている。芥川が松の木に登ったのは、松村夫人が二階の部屋に居たからで、そこなら部屋のうちが見えるからだという。話の真偽はうけあえない。

この松村みね子もまた、堀辰雄の文学に強い影響を与えた一人であった。

> 「更級日記」は私の少年の日からの愛読書であつた。いまだ夢多くして、異国の文学にのみ心を奪はれて居つたその頃の私に、或日この古い押し花のにほひのするやうな奥ゆかしい日記の話をしてくだすつたのは松村みね子さんであつた。おそらく、その頃の私に忘れられがちな古い日本の女の姿をも見失なはしめまいとなすつての事であつたかも知れない。

菅原孝標の女の手になる「更級日記」は、東国の片隅に一地方官の娘として育った作者が、父の解任とともに上総を出発、京都に上る紀行に始まり、京都での生活、宮廷や恋愛、それらへの幻滅と苦悩、やがて夫に死別しわびしい一人ずまいの有様に終わる女の一生をしるした日記である。

当時の堀辰雄には解し難かった十一世紀の女手の日記を、暗闇で手さぐりするように読みすすんでゆくうちに、その枯れたような匂いの中から、堀は日本の古い女の姿、日本の女の誰もが宿命的に持っている夢の純粋さを見い出していた。堀の王朝文学の女主人公たちは、「更級日記」を熟読するうちに鮮やかな心象としてよみがえった遠い昔の日本の女性を原型としている。

芥川龍之介を介して知った松村夫人には宗瑛というペンネームで小説などを書いていた令嬢がいた。堀が宗瑛にたいしてどれほど愛情を持っていたか明らかではないが、「愛の最初の徴候」であったことはまちがいない。この芥川の「越びと」の事件と、堀辰雄の最初の未完成の愛とが、堀の処女作といわれる「聖家族」へと発展し、彼の一生を貫く一つの主題の源となったのである。

## 『驢馬(ろば)』の仲間たち

大正十五年三月、堀は当時、石丸重治、小林秀雄、木村庄三郎らが出していた同人雑誌『山繭(やままゆ)』に「風景」という小品をのせた。これは芥川に目を通してもらったもので、堀辰雄にはなつかしい作品であったようだ。堀辰雄二十二歳、向島から東京帝大国文科へ着流しでぶらりと通っていた頃である。

この頃から堀はフランス語の勉強もかねてフランス文学に親しむようになり、四月に室生犀星を中心に、中野重治、窪川鶴次郎などと一緒に始めた同人雑誌『驢馬』に、ほとんど毎号フランスの詩人たちの詩を訳したり、アポリネールばりの小品をのせたりしている。昭和文学の開幕をつげる一つの旗じるしともなった同人雑誌『驢馬』は、ほとんどが当時まだ無名の青年たちの集まりであった。『驢馬』は堀にとって最初の文学修業の場であり、まだ健康もすぐれ、無名で楽しそうで、彼の生涯のうちでもっとも活気に溢れていた時代であった。

『驢馬』という誌名は、「娘はサクランボウを食べたかしらぬが驢馬は縄をしゃぶって寝ていた」とかなんとかいうようなフランシス・ジャムの詩から、堀辰雄が思いついてつけたものである。最初中野重治が「車輪」だとか「赤縄」だとか言っていたのを、堀が「車輪(シャリン)は語呂は良いけどシャリンではねえ、赤縄は少し思想がかっているし」というわけで、結局堀の言い出した『驢馬』に決まった。『驢馬』という名に決まってから、この誌名に一番愛着を持ったのは中野重治であったという。堀はどちらかというと無口であったが、少し喋るとそれが肝心のことがらに役立つという型（タイプ）の人間だった。今まで黙っていた堀が、少し吃りながら（堀は少々吃り（ども）であった）何か言うと、それがいつも通って堀が言った通りに決まるという風に。

この雑誌の大きな特徴は、芥川が属目（しょくもく）していた二人の無名の青年、後にいわゆる芸術派といわれた堀辰雄と、プロレタリア派の中野重治がひとつの雑誌に一緒にいたということである。しかも中野におけるプロレタリア文学の方向と、堀におけるヨーロッパの前衛文学の方向は、単に二人だけのものではなく、当時の文学全体の新しい動きを代表するものであった。

『驢馬』　創刊号表紙

> 堀君と初めて知つたのは、驢馬の会の時であつた。（略）その会の席上で特に二人の青年だけが、僕の眼に印象強く映じられた。一人の青年は、非常に熱情的の眼をして、いつも肩を怒からしながら、人生への戦いを挑んでいるように見えた。他の一人は反対に女のように優しく、どこか発育不全の坊つちやんのようで、内気にはにかみながら、物を言つているような男であつた。そして二人共、一見してそのインテリ的神経性

や聡明性やが、他に群をぬいて解るような男であつた。その一人が即ち中野重治君であり、他の一人が即ち堀辰雄君であつた。室生君は後で僕に言つた。「どうだ、二人共好い青年だろう。驢馬の誇りだよ。」と。

（萩原朔太郎「四季同人印象記」）

このグループは、やがて堀と平木二六を除いたすべてが、マルクス主義文学に向かっていった。日本のマルクス主義文学運動の、いわば正統派とでもいうべき中野重治や窪川鶴次郎は、同人誌『驢馬』から巣立っていったのである。当時の状況を堀は、――何にも知らない少年だつた自分が、みんなとつき合っているんなことを教はつた。しかしもうそのうちにみんなゐなくなつてしまって、自分は独りで苦しんだりしなければならなかつた――という風に語っている。

思想的に違った立場の人間が、仲良く金を出し合って同人雑誌をやっていたということは不思議に思われるかもしれないが、個々の思想的立場や、それらの詩の内容が作品の評価の前提になるのではなくて、ただ、文学としてすぐれたものが一切の前提となるという考えが『驢馬』の同人たちの考え方だったのであり、そういうものを超えてなお友情は友情として在り得たのである。同人雑誌の中で、文学的立場の違いを云々するのは、それはその人自身の弱さであり、もし芸術が独自であり得たなら何でもないことなのだ。他の文学的立場にも同情し、また自分の仕事に信じるところがあれば自由にのびのびと仕事はできる。驢馬の中の一匹の異種、堀辰雄の信念はそういうものであった。

この堀辰雄の聡明さと温和な性格、室生犀星のヒューマニズムとが『驢馬』の一つの空気をつくっていたといえる。大正十五年に始まった『驢馬』の活動は、昭和二年三月号（第十号）で一時休刊となり、昭和三年二月号の第十一号から復刊されたが、次の十二号をもって廃刊となり終止符がうたれた。

## 堀辰雄と読書

> 十九ぐらゐの時分に萩原朔太郎の「青猫」といふ詩集をよんで詩といふものはかういふものかと思つた。それ以来私はいろんな人の影響を受けてきたが、今でもときをり私は自分の作品がいかに多くを「青猫」一巻に負うてゐるかを感ずるやうなことがある。
>
> （「最も影響を受けた書籍」）

ショーペンハウエルやニーチェの思想の影響をうけて、絶望的な悲哀感と満たされぬ焦躁とに分裂しようとする心をうたいあげた萩原朔太郎の第二詩集『青猫』が出版されたのは大正十二年、辰雄二十歳の時である。当時まだ一高の寄宿舎に入（はい）っていた堀は、夕がたになるとその黄色い本をかかえて、二階の寝室に上がっていっては、マントにくるまりながら暗くなって何も読めなくなるまで詩集を読んでいた。暮れ方の光は、読みふける堀辰雄の影を壁に映した。ちょうど青い猫のかげのように。

ああ　このおほきな都会の夜に
ねむれるものは
ただ一匹の青い猫のかげだ
かなしい人類の歴史を語る猫のかげだ

われらの求めてやまざる幸福の青い影だ。（『青猫』）

二十歳そこそこの辰雄に、故郷を出奔して都会を放浪していた詩人の屈折した焦躁と憂愁のトレモロがそうよくわかっていたはずがない。しかし暗い室内の奥深くで堀辰雄の若い魂は、「遠い遠い実在へ切なくあこがれてゐる一人の詩人のたましいの羽ばたき」を、かすかに聴いていた。人生の入口で、このような詩集を読み、そして打ち込んだということは、あるいは一般に言われているラディゲやコクトオの影響よりもずっと大きな影響を、堀文学に与えているかもしれない。何と言っても詩人の出発は大切な事であるのだから。

堀辰雄のもっとも早い読書の記録「読書一九二五年夏軽井沢にて」と題するメモを見ると、スタンダール「赤と黒」、メリメ「カルメン」「エトルリヤの花瓶」「コロンバ」「ギュイヨー」「イルのヴィーナス」「マダマ・ルクレース街」「マテオ・ファルコネ」、プーシュキン「スペードの女王」、アナトール・フランス「白き石の上にて」「赤い百合」、レニエ、ジイドなどがあげられている。堀は外国文学から受けた影響をかくさなかった。いわば創作の楽屋裏をかくさなかったのである。堀の文学論、小説作法は、模倣とさえ言えるほど密接な外国文学の影響下に確立されている。

フランス文学入門当時、堀が一番関心を持っていた作家はメリメであった。後にメリメの「マダマ・ルクレチア小路」を翻訳したりしているが、この小説の影響は、昭和五、六年頃に書いた「あひびき」「窓」などの作品に顕著である。堀辰雄はメリメの神秘的なロマンティシズムの世界とその明晰な古典的な文体に触れて、初めて文学というものを本気になって勉強するようになった。おそらく、そういうところに堀は自分の文学の故郷を見い出したのであろう。

また、堀のメリメへの傾倒は、晩年の日本の古典文学への傾斜と同じ軌跡上にあると思われる。たとえばメリメの「アルセーヌ・ギュイヨ」と、「今昔物語」に取材した作品「曠野（あらの）」とを比較する時、両方の女主人公の愛には酷似した感情が流れてはいないだろうか。メリメの小説の中では、男が「この世でどんな幸福な目にあったというのだろう」と叫ぶのに対し、死にかけた娘は、「愛しました」とつぶやく。堀の「曠野」という作品では女が無言のまま死んで行くのだが、この不幸な女主人公たちの愛は、イヴの昔から女が宿命的に背負わなければならない恋ゆえの不幸、その恋が不幸であればあるほど愛は浄化されていくという宿命的な愛の哀しみにおいて同質のものである。

メリメやスタンダールを読んだ後、大正十五年あたりから、フランスのモダニズムの詩人、ラディゲやコクトオに堀は熱中し出した。モダニズム、簡単に言えばハイカラな詩人たちに「現代でもっともハイカラな詩人であることを自任」していた堀がうちこんだのは当然の出会いであった。

ラディゲは一九〇三年六月十八日、フランスに生まれた。彼が初めて師コクトオに会ったのは十五歳の時である。彼は自分を十八歳と称していた。マルヌ川の近くに住んでいたラディゲは、「マルヌの奇跡」と呼ばれていた。髪はバラバラほとんど盲に近いような近視でひどく無口であった。

借金、酒、不眠症、汚物の堆積、下宿から下宿への逃亡。一九二三年十二月十二日、彼はその異常な早熟児としての二十年の生涯を療養院で閉じた。ラディゲは死を三日前に予感していたのだと言う。——あと三日すると僕は神様の兵士達に銃殺されるんだ——コクトオに最後の言葉を言うと、そのまま意識不明となった。多くの天才がそうであったように、ラディゲの文学の生命が燃えはじめたのは死後のことである。彼はわずか三冊の著書、詩集『燃ゆる頬』(これは後に堀の小説の題名となった)、小説「憑かれて」「ドルジェル伯の舞踏会」を遺しただけであったが、これらはいずれも近代文学史上の最高の傑作と言われている。コクトオはラディゲを「僕の傑作」と言っていた。

ラディゲの「ドルジェル伯の舞踏会」は、作者よりも一つだけ年下の堀辰雄に大きな衝撃を与えた。「詩人も計算する」というエッセイの中で堀辰雄は次のように語っている。

今日の多くの小説の中で、僕がこれこそ本当の小説だと思つたのは、若いレエモン・ラディゲの書いた「舞踏会」だ。此の小説が一番僕を打つたのは、作者の異常な手腕によつて虚構された人間社会の生きたカラクリだ。

この非常に心理的なラディゲの作品に感動した堀は、「何故自分はラディゲの作品に感動するのか」ということを分析している。

「憑かれて」にしろ、「舞踏会」にしろ、僕がラディゲの小説を読んで最も深く感動したところは、それが純粋の小説であることにある。即ち、その中で作者は少しも告白をしてゐないのだ。さういふ少しの告白もない、すべて虚構に属する小説こそ、僕は純粋の小説であると言ひたい。

そしてラディゲがどのようにして純粋な小説を書いたのかという、ラディゲの創作の秘密を堀辰雄は次のように解いている。ラディゲは「神童といふものが特別に持つてゐる異常さからは逃れることが出来たが、彼の年齢に備はつてゐる羞恥からは逃れることが出来なかった。」堀辰雄はラディゲの創作の秘密の鍵を「羞恥」に見い出したのである。同じラディゲに影響を受けた三島由紀夫は、堀辰雄が「羞恥」を引き出したのにくらべて、「恥部（セックス）」というものを引き出している。ラディゲの影響下に書かれた三島の小説「仮面の告白」には、欲情はあるけれども恋愛はないと一般に言われている。一方堀辰雄の作品には、恋愛はあるが、欲情は少なくとも表面には出ていない。同じ作家の影響を受けながら、受ける資質によってこのように違ってくるのである。

コクトオとラディゲの「ドルジェル伯の舞踏会」とは、昭和四、五年頃の堀のお手本であった。そしてその影響はやがて彼の処女作といわれる「聖家族」にあらわれるのである。

## 芥川の死

昭和二年七月二十四日未明、ヴェロナールおよびジャールの致死量を仰いで芥川龍之介は死んだ。年三十六歳であった。芥川が遺した一通の遺書「或旧友へ送る手記」の中で自殺の動機を、「何か僕の将来に対するぼんやりした不安」と書いている。

芥川の自殺ほど当時の文壇、論壇に大きなショックをあたえたものはなかった。いや単に文壇、論壇だけではなく、そのニュースは新聞に大きく報ぜられ、論説欄においてさえも論ぜられるほどであった。高見順の食道癌による凄惨な死、谷崎潤一郎の大往生などが大々的に報道される今日から見ると、それは当然のことのように思われるかもしれないが、今日とは比較にならないくらい文学者の社会的地位の低い当時にあっては、日刊紙が論説欄で一人の作家の死を取り上げるということは異例のことであった。それは芥川の死が単に文壇というわくの中だけの出来事ではなかったということを示している。

昭和二年一月に始まった金融恐慌は慢性化し、議会勢力の後退と軍部の圧力の増大がはじまっていた。満州事変から日華戦争、そして太平洋戦争へと続く現代史の運命は、すでに早くもここにその不吉な影を投げかけていたのである。そのような時、大正期というひとつの時代の文学精神を一身に具現した大正文壇の鬼才芥川の自殺は、一時代の終わりを象徴しているような思いを人々の心に与えた。「ぼんやりした不安」という言葉ほど、当時のインテリゲンチャの思いをあらわした言葉はなかったのである。

芥川の自殺の理由については、さまざまな解釈がなされた。

広津和郎は、

自由主義が次のものに転換しなければならない、その転換を前にして、このチャンピオンの自殺は、結局、過去の文化の重荷に動きのとれない、それ故に神経のすりへって行く、或る一団の作家達の苦悶の最も顕著な現われだった。

と云い、また、佐藤春夫は、「あまりにも老成したような一面」のほかに、「どこかしら幼い、大人になりきっていないという風な一面」を有し「(略)併せ有していることが、彼を悲劇的人物としたのかもしれない」と芥川をとき、さらに、芥川龍之介の作品はことごとく「老熟した青年の作品」であり、彼自身は青年から成人になろうとする精神の孤独に堪えぬ苦悶を克服し得ないで死んだのではなかろうか、と述べている。

この「芥川の不安」といかに対決するか、それをいかにのりこえるかが若い文学世代の出発であり大きな課題であった。このことは、芥川の死が若い世代に与えた影響の大きさを如実に示すものであると言える。宮本顕治はその有名な「敗北の文学」の中で「ブルジョア芸術家の多くが無為で怠惰な一切のものへの無心主義の泥沼に沈んでいる時、とまれ芥川氏は自己の苦悶をギリギリに嚙みしめた。また他の遁世的な作家達に、風流的安住が無力であるのみならず、究極において自己を滅ぼすものであることを、氏自身の必死的な羽搏きによって警告した。……だが、我々はいかなる時にも、芥川氏の文学を批判し切る野蛮な情熱を持たねばならない。」と断じている。彼等は共に芥川が自殺した時、二十歳前後の鋭敏な青年インテリゲンチャであった。そしてそういう青年の中に堀辰雄もいたのである。

堀辰雄は前にも述べたように晩年の芥川がもっとも心にかけていた青年文学者だった。

> 自分の先生の仕事を模倣しないで、その仕事の終つたところから出発するもののみが、真の弟子であるだらう。
>
> 芥川龍之介は僕の最もいい先生だつた。そしてここに、僕の前に、彼が残して行つた言葉があるのである。
>
> 「何よりもボオドレエルの一行を！」

僕はこの言葉の終るところから僕の一切の仕事を始めなければならない。僕はこの言葉にブレエキをかける。それからそれを再び出発させる。

（「詩人も計算する」）

堀辰雄の文学的出発もまた、芥川の悲劇からはじまっている。芥川の死の二年後、卒業論文に「芥川龍之介論」を書いて、堀辰雄は昭和四年三月二十六歳で東京帝国大学国文学科を卒業した。

## 不器用な天使

堀辰雄は、翻訳、詩作、創作に筆をそめてから、その習作時代の作品を同人雑誌に発表しながら三年の歳月を送り、昭和四年二月の『文芸春秋』に「不器用な天使」を発表して文壇に登場した。

僕は二十だつた。僕はいままで殆ど孤独の中にばかり生きてゐた。が、僕の年齢はもはや僕に一人きりで生きてゐられるためのあらゆる平静さを与へなかつた。そして今年の春から夏へ過ぎる季節位、僕に堪へがたく思はれたものはなかつた。

（「不器用な天使」）

「不器用な天使」、は孤独の中に、生きるための平静さをうしなってたえ難い時間をすごす一人の青年の恋を描いた作品である。孤独でいることが淋しくてならず、たえず誰かを待っているような時期を迎えた主人公は、ある日友人たちに誘われてシャノアルというカフェに行く。そこには友人の一人の槇が「ものにしよう」として夢中になっている一人の娘がいた。ジャズと煙草でむせるようなそのカフェで娘の視線を見た彼は、たちまち彼女に心を奪われた。「その夜疾走してゐる自転車が倒れるやうに、僕の心は急に倒れた。…

…僕にはもう自分の力だけでは再び起ち上ることが出来ないやうに思はれるのだ。」彼女に魅せられた心の状態はこのように描かれている。娘への憧れに苦しい時間を過ごす彼は、ある日友人から槇と彼女の噂を聞く。槇は婉曲(えんきょく)に「女と一しょに寝る事」を申しこんだためにその女から冷淡にされ、それ以来彼女とは遠ざかっているという噂を。

……一つの切ない感情が、彼女の本当に愛してゐるのはやはり僕だつたのではないかといふ疑ひが、僕の中に侵入して来るのである。それは愛の確実な徴候だ。(略)

時間は苦痛を腐蝕させる。しかしそれを切断しない。僕は寧ろ手術されることを欲した。その僕の性急さが、僕一人でカフェ・シャノアルに彼女に会ひに行くといふ大胆な考へを僕に与へたのである。

やがて二人は親しくなるが、ふとした機会に彼は別のバアで別の女を見る。その女はシャノアルの女と似ているようで実はどこも似ていない女であった。

以上が「不器用な天使」のあらすじである。

作中の人物たちにはそれぞれモデルがあるらしい。

カフェ・シャノアルは上野の三橋亭。ここは昭和二年頃、室生犀星の発起で芥川龍之介、萩原朔太郎、『驢馬』の同人たちが一緒になってパイプの会をはじめたところである。その店に堀辰雄の仲間たちがブリュー・バードと呼んだ、背のすらりとした女の子がいた。これがシャノアルの娘である。『驢馬』の仲間の西沢隆二(ぬやま・ひろし)がブリュー・バードを好きになりデートの話をまとめようとしたが失敗に終わったという事件が当時の仲間たちの噂の種であった。作中の槇という友人はこの西沢隆二であるらしい。堀辰雄の側には「……実はそこにひとりの可愛らしいウェイトレスが居て、その人を僕はひそかに好きになつた。好きになつてはならない人だつたのに。なぜかつてまア、それも、故あつていはれぬ。――さうして一人でやきもきしてゐた。あの時の僕の馬鹿げた姿が、濛々たるパイプの煙にさへぎられて、僕自身にさへぼんやりとしか思ひ出されぬ」思い出が残った。「好きになってはならない人」を、堀らしい愛し方で、とにかく好きだったことは事実のようだ。おそらくこのブリュー・バード嬢は堀が好きになった一人目か二人目の女性であろう。

これらの感情の配置を素材にして恋愛のロマネスクな心理を描こうとしたのが、「不器用な天使」である。平凡な恋、恋とさえ言えないような思春期の青年たちの日常の出来事の中に、青春の不安、いわれない焦慮、思慕、嫉妬の感情がファンタスティックな文体の中に結晶している。しかしこの作品は、堀自身も認めているように失敗作であった。「最大の過失は、何といつても真実を詩と同様に信用したことだ。詩に対する絶対の信用は或は作品を生かすことが出来る。だが真実に対する絶対の信用は作品を無茶苦茶にするだけだ。」このような自己批判の言葉にもかかわらずこの作品が文壇から注目されたのは、ラディゲから学びとった清新な創作のテクニックと、作者の感覚の繊細さによってであった。

二年ほどたって堀は出世作「聖家族」を書いたがこの作品の中で堀辰雄は「不器用な天使」の欠点を見事に克服している。

## 死の季節

「死があたかも一つの季節を開いたかのやうだつた。」

この有名な言葉ではじまる二十七歳の青年の作品「聖家族」は当時の文壇にまさに劇的効果を与えた。当時の文壇は、横光利一や川端康成に代表される新感覚派が解体し、新興芸術派が抬頭しはじめていた。

昭和五年になると、前年の十月ニューヨーク株式の大暴落にはじまる世界大恐慌が次々と世界の国々をその渦の中に巻き込んでいき、その嵐はたちまち日本全土をおおってしまった。街には失業者があふれ、ストライキが頻繁に行なわれた。「大学は出たけれど」などという映画が作られたのもこんな時代であつた。このような世相を反映して、エロ・グロ・ナンセンス文学が流行する一方、文壇はプロレタリア文学全盛ともいうべき状態で芸術派の文学はすみの方に追いやられているかのような感じであったが、マルセル・プルーストの作品などが翻訳されはじめ、西欧の新しい文学の影響のもとに、日本でも二十世紀文学の名に値する「新心理主義」がとなえられ、大きな関心と期待が寄せられていた。「聖家族」が発表される二カ月前には、横光利一の「機械」が発表され、新心理主義的手法による作品として問題作となった。「機械」はネームプレート工場に働く人々の、主人の発明の秘密をめぐる心理的葛藤と語り手「私」のしだいに自己の判断を失ってゆく様を描いて、そのすべてを目に見えぬ機械の支配によるものとしている。心理の連続と屈折とをうねらうねと続く鎖のような形に描き出している告白体の表現により、強大な力に支配される人間の心理をよく現わしている。

率直に言へば、堀も私もやらうとしてまだ力が足りなかつたうちに、この強引な先輩作家は、少くとも日本文で可能な一つの型を作つてしまつた、といふ感じであつた。文壇は驚き、傑作だといふ評価が行はれ、川端康成と小林秀雄は興奮した批評を書いた。

伊藤整は「機械」の出現した当時を回想してこのように書いている。「機械」に続いて発表された「聖家族」を、「機械」の作者横光利一は当時次のように讃えた。

聖家族は内部が外部と同様に恰(あたか)も肉眼で見得られる対象であるかの如く明瞭にわたくし達に現実の内部を示してくれた最初の新しい作品の一つである。それは例へば海底が典雅な未知の世界に溢れてゐるのと等しく聖家族の構造も端整妍美馨香時に溢るるともいふべき雍容をもつて姿勢の妙を尽してゐる。

当用漢字に制限されたわれわれの世代には、こういう文章は漢字責めにあっているようで頭が痛いのでこれ以上の引用は避けるが、要するに「機械」の作者は、「聖家族」を堀辰雄の一時代の頂点を示す作品であり、得難い逸品であると讃えているのである。これは横光利一の社交辞礼ではなく、「このような感想は、当時のわれわれが多かれ少なかれ分けもった実感にちがいなかった」と神西清は横光に賛意を表している。

芥川龍之介をモデルとした九鬼の死から始まるこの小説は、「私の経験した最初の大きな人生のさなかで、何物かに憑(つ)かれたやうになって書き上げた、私としては珍らしくパセティックな作品である。」と述べているように、宗瑛への愛の最初の徴候、芥川の死、堀自身が肋膜にかかって死線をさまよったことなどをテーマとして、ラディゲから学びとった文学論を実証したいろいろな思いのこめられた作品であった。
芥川龍之介が自殺して激しいショックを受けた昭和二年末、堀は肋膜炎を患い、死に瀕した。芥川の死と、病の体験の中で「死はいつも僕に不即不離だ、僕の恋人のやうに、僕のミューズのやうに」と神西清に書き送るほど、死の観念が彼の中で拡大されていった。この昭和初年は堀辰雄の生活に何か暗いものが始終つきまとっているようであった。事実、この頃の彼の生活はひどく貧しかったらしい。志気と結婚してから養父上条松吉は非常に羽ぶりがよくなったことが「花を持てる女」に書かれているが、母を震災で失ってから五年たったこの頃は、ふたたび貧しい暮らしに逆もどりしたようである。

この頃僕は又家に居つかれなくなつたので君に手紙も書けなかつた。(略)それでも懲(こ)りずに活動小屋に這入(はい)る。隠れ場所へ這入るやうに。この頃は何と僕には厭(いや)な日々だらう。外見の僕が幸福さうであればあるほど僕は憐めだ。

これらの絶望の日々に、堀辰雄が求めたのは愛であった。おそらくその対象はアイルランド文学の翻訳者松村みね子の令嬢宗瑛であったと思われる。彼女はやはり文学志望の女性で、昭和四年から五年にかけて堀辰雄は大森の松村みね子・宗瑛宅をしばしば訪れていたようである。

# 美しい村

「聖家族」を書きあげた堀辰雄は、その直後の十月末にひどい喀血（かっけつ）をして向島の自宅で病床に臥した。翌昭和六年四月まで自宅療養を続けたが、病状が思わしくなく思い切って信州富士見のサナトリウムに入院した。一ヵ月ほどで退院帰京した堀は、八月にはいって軽井沢に行き、松村みね子夫人別荘やつるや旅館に病後の身を養っていた。

## プルースト・神戸への暗い旅

信州富士見のサナトリウムにはいるちょっと前向島の自宅で療養していた頃、神西清からマルセル・プルーストの「失われた時を求めて」を贈られた堀が、病床でまず読もうと志したのは、この大長編のうち「ソドムとゴモラ」編だったようである。プルーストへの情熱は、かつてラディゲに傾けた関心以上のものがあり、以来プルーストは堀のもっとも敬愛する作家の一人となった。

プルーストは、その傑作「失われた時を求めて」によって、二十世紀前半の生んだ代表的作家と認められている。彼が作品完成のために文字どおり生命をけずった大長編「失われた時を求めて」は、二十世紀の小説に一大転回期を画するものであり、象徴主義的文学風土の生んだ爛熟した果実であった。この美しい果実は、サルトルが「自分に影響を及ぼした唯一の作家」と認めているように、後代の実存主義文学への展開の可能性をも秘めていた。よく「源氏物語」に比較される「失われた時を求めて」は、普仏戦争直後から、ドレフェス事件を経て第一次世界大戦直後までの時代を背景として、一人称「私」の告白の形式で書かれた膨大な「時（タイム）」のパノラマである。第三共和制下の貴族、ブルジョアの風俗史であるとともに、「私」の記憶を通してさぐられた人間の深層心理学の書でもある。

　堀辰雄は神西清宛書簡の形式で書いた「プルースト雑記」の中で、プルーストの作品の技法を分析し、人間を動物（フォーナ）としては見ず、植物（フローラ）と同化させようとしたプルーストの受動的な態度への熱烈な共感を示している。プルーストは、模倣とさえ言えるようなラディゲの影響から、さらに一歩進んで堀辰雄の人生論、方法論の確立に決定的な影響を与えた。

　今朝、僕はこんな夢を見た。

　僕はひとりで活動小屋にはひつた。僕はうつかり眼鏡を忘れてきたことに気がついた。いつもなら活動小屋の一番後の席に坐るのだが、しやうがないので僕はずつと前の方へ出て行つた。さうしたら、やつとスクリインの絵が見え出した。それにはなんだか妙に美しい色彩がついてゐた。そして砂漠のやうなところで獣めいたものが格闘してゐるのだつた。（略）

何故こんな夢の話を君にしだしたのか、君にはもう解つてゐるだらう。さう、君の御推察のごとく、たしかにこの夢にはプルーストの影響がある。

夢にまであらわれたプルーストの影響は、それまで大事にしていたデュフィやモディリアニの画集を堀に手離させ、ルノアールの画集を手に入れさせた。それは丁度、昔、コクトオに熱中しているうちにいつかピカソやキリコの絵を愛し出したのによく似ている。

二十代も終わろうとする昭和七年の十二月に、堀辰雄は上野の美術館へフランス絵画展を見に行った。そこでキリコの「戦勝標(トロフエ)」を見て、その絵にただよう「苦しそうな古代的静けさ」に深く感動した。——その絵を見てきてから数日といふもの、私はへんに切なくてならなかつた。キリコの悲痛な美しさが、そしてその頃そんなキリコの絵にだけすがりついてゐるやうに見えるコクトオの苦しい気持が、私には今までになくしみじみとわかつたのだ。——キリコの絵の持つ「古代的静けさ」に感動するような精神的土壌はプルーストによって耕されたものだといえる。堀辰雄は、プルーストそしてキリコから受けた深い感動を、精神の深い部分に秘めて、十二月末神戸へ旅立った。この神戸への旅は彼にとってはじめての大きな旅であった。

この旅に取材して書いた作品に「旅の絵」があるが、そこには今までの彼には見られなかった神秘的な暗い色調、内部の深いところでの精神の激動を示す異様な静寂が漂っている。——堀辰雄の生涯を通じて、精神の上でも、仕事の上でも、もつともあやふかつたのは、この昭和七年の秋かと思ふ——堀の友人丸岡明はこう語っている。

## 美しい村・軽井沢

そこのヴェランダにはじめて立つた私は、錯雑した樅（もみ）の枝を透して、すぐ自分の眼下に、高原全体が大きな円を描きながら、そしてここかしこに赤い屋根だの草屋根だのを散らばせながら横はつてゐるのを見下すことが出来た。さうしてその高原の盡きるあたりから、又、他のいくつもの丘が私に直面しながら緩やかに起伏してゐた。それらの丘のさらに向ふには、遠くの中央アルプスらしい山脈が青空に幽（かす）かに爪でつけたやうな線を引いてゐた。そしてそれが私のきざきざな地平線をなして居るのだつた。

（「美しい村」）

長野県東部北佐久郡の群馬県境に近い高原の町軽井沢は、広く軽井沢、沓掛（くつかけ）、追分を含み、中仙道の三宿場町として七世紀ごろから栄えていた。明治以後、参勤交代の廃止、鉄道の開通により宿場としてはまったくすたれていたが、明治十九年イギリスの宣教師、A・ショーによりすぐれた避暑地として拓かれ発展した。

軽井沢散歩道

浅間山の厚い火山灰におおわれた広大な高原の中にあって、カラマツ林をめぐらしたヨーロッパ的な風光と冷涼な気候を持つ軽井沢が、近代文学史上にその名を現わすのは大正十二年有島武郎心中事件の時である。有島武郎は、

雲に入るみさごの如き一筋の
　恋とし知ればば心は足りぬ
世の常のわが恋ならばかくばかり
　おぞましき火に身をば焼くべき

などの辞世を残して、波多野某の妻、美しい婦人記者秋子と、軽井沢の別荘浄月庵階下の一室で情死した。

昭和にはいってからも、室生犀星、立原道造、津村信夫など幾人もの作家、詩人たちがこの地を訪れ、その作品の中に高原の風光をうたっている。

ささやかな地異は　そのかたみに
灰を降らした　この村に　ひとしきり
灰はかなしい追憶のやうに　音たてて
樹木の梢に　家々の屋根に　降りしきつた

その夜　月は明かつたが　私はひとと

窓に凭れて語りあつた（この窓からは山の姿が見えた）
部屋の隅々に　峡谷のやうに　光と
よくひびく笑ひ声が溢れてゐた

――人の心を知ることは……人の心とは……
私は　その人が蛾を追ふ手つきを　あれは蛾を
把へやうとするのだらうか　何かいぶかしかつた

いかな日にみねに灰の煙の立ち初めたか
火の山の物語と……また幾夜さかは　果して夢に
その夜習つたエリザベートの物語を織つた

（立原道造「はじめてのものに」）

しかし、堀辰雄ほど軽井沢を愛し、美しく描いた作家はいないだろう。作品の中で、軽井沢は宝石のような響きで語られている。彼の作品を読んだものは、誰しも一度は軽井沢に旅してその跡を辿りたいような思いに駆り立てられるであろう。

彼のほとんど一生といってもよいほどの長い闘病生活が、その文学と切り離しては考えられないように、軽井沢を中心とした浅間の麓の自然は、堀文学の主役とさえ言ってよい。堀辰雄は一大軽井沢シンフォニーの作曲者であった。

東京は向島小梅町という、まだ前近代的なものの残っている下町で育った堀にとって、軽井沢はまったくの別世界であった。しかし、一高、東大と進む学校生活の中で、徐々に西洋的、近代的教養を身につけていった彼が、フランス文学を日本という極東の地において消化し、移植しようと試みた時、彼が見い出した舞台、それが軽井沢であった。彼の創造しようとしていた純粋小説、つまりすべてが虚構（フィクション）であるような小説は、純日本的な生活を背景としたならば絵空事か、風俗的読物になってしまう危険があるということを、堀辰雄は十分承知していたのである。ロマンのためには、ロマネスクな舞台が必要である。避暑地、生活や実人生から切り離された、人々の一時（ひととき）の休養の地、海抜九五〇から一、一〇〇メートルにわたる高原地帯、年間雨量一、〇〇〇ミリにみたない軽井沢は、まさに堀の求めていた舞台だったのである。

軽井沢の特異性は、堀の「匈奴（ふんぬ）の森など」の一文を読むとわかる。

> 今からざつと三十四年前のこと、難工事の末、こんな山の中にもやつと鉄道が通ずるやうになつてから、間もなく一人の外人牧師が偶然ここにやつて来て、この山麓が自分の故郷の霧の多い高原に酷似してゐるのを発見し、ここに掘立小屋のやうなものを建てて一夏を過したことから筆を起すつもりでゐますが、いまではこの村にその牧師の名前をもつ小さな通りまで出来てゐる位です。（「村のひとびと」）

つまり堀辰雄にとっては、軽井沢という土地が英国人によってはじめてその異国性を認められたという事実が大切なのである。

軽井沢を描いた作品は数多くあるが、その集大成ともいうべき作品は、昭和八年の七月から九月にかけて書かれた「美しい村」である。この作品が書かれた当時の文壇は、「文芸復興」ということばを作り出して奇妙な活気を呈していた。すぐれたプロレタリア文学を生んだ小林多喜二が築地署に逮捕され、拷問によって虐殺されたこの年は、マルクス主義文学の退潮がはっきりとあらわれて来た。一方、長いあいだ沈黙していた老大家たち、徳田秋声、志賀直哉、宇野浩二らが再び作品を書き出すという大家復興の現象もみられた。こうした中にあって堀辰雄の新作「美しい村」は異質な存在であった。

## 愛と死

「美しい村」を書いた昭和八年の夏、堀辰雄は、つるや旅館に滞在中に同宿の矢野綾子と知り合うようになった。矢野綾子もまた病後の体を養いに来ていたのである。

その夏の堀辰雄は、軽井沢に集まる令嬢たちとの昔の華やかな交際の思い出、しかしすでに彼から離れていったそれらの少女たちの追憶のうちに暮らしていた。そしてその中の一人であった彼の昔の恋人との気まずい再会を恐れて彼は早くも美しい村を立ち去ろうとしていた。

そのようなある日、彼は窓辺に、一輪の向日葵のような少女を見た。黄色い麦藁帽子をかぶった、背の高い痩せぎすな、きらきらと光る特徴のある眼ざしの少女だった。他にはまだ一人も滞在客のない旅館での未知の少女との背中合せの生活。彼は、その少女が毎朝一定の時刻に絵具箱をぶらさげて彼の窓の下を通るのをいつか心待ちするようになっていた。その少女が後に「風立ちぬ」のモデルとなった矢野綾子である。

それらの夏の日々、一面に薄(すすき)の生ひ茂つた草原の中で、お前が立つたまま熱心に絵を描いてゐると、私はいつもその傍らの一本の白樺の木蔭に身を横たへてゐたものだつた。さうして夕方になつて、お前が仕事をすませて私のそばに来ると、それからしばらく私達は肩に手をかけ合つたまま、遙か彼方の、縁だけ茜(あかね)色を帯びた入道雲のむくむくした塊りに覆はれてゐる地平線の方を眺めやつてゐたものだつた。やうやく暮れやうとしかけてゐるその地平線から、反対に何物かが生れて来つつあるかのやうに……。

（「風立ちぬ」冒頭）

矢野綾子との愛は徐々に成熟して、堀は翌九年九月に彼女と婚約した。絵の好きだった綾子は自宅にアトリエを持っていたが、翌昭和十年の春頃には、そのアトリエは彼女の病室に変わっていた。綾子は七月には富士見のサナトリウムに入院しなければならなかった。発熱して床に着くことの多かった堀も、自分の養生を兼ねて彼女に付添ってともに富士見のサナトリウムにはいった。しかし、看病のかいもなく、彼女は結婚を待たずにその年の十二月に死去した。愛する美しい人を喪(うしな)った悲しみを超えて、死者に捧げた一篇の鎮魂曲(レクイエム)として生まれたのが、堀の名作「風立ちぬ」である。

## 「風立ちぬ」とリルケ

堀辰雄は「風立ちぬ」の執筆の二年ほど前から、リルケの作品に親しんでいた。昭和九年の五月頃である。堀は昭和九年などという年号の使い方がきらいだったから、堀流に言えば西暦千九百三十四年五月である。

現在、堀がリルケに関して書いたエッセイはひとまとめにして「リルケ雑記」として全集に収められているが、詩の翻訳も数多く、他の彼のエッセイの中でもリルケに触れた部分がかなりあって、リルケに対する関心のほどを示している。

事実、一九世紀末から二十世紀の初めにかけて、全ヨーロッパ文壇の最先端に立って、実存主義につらなる一つの大きな思想を生きたオーストリア生まれの詩人、ライナー・マリア・リルケは、堀に最も深い影響を与えた外国作家である。さきに触れたコクトオやラディゲ、そしてプルーストでさえも主として創作技法上の影響を与えたのに対し、リルケの影響は、彼の深層に大きな変革を遂(と)げさせた。堀が最後の病床生活に到るまで片時も手元から放さなかったリルケからの影響は、単に深いとか、大きいとかいうのではなく、堀はリルケの影響を自分の血とし肉とすることによって、自己の人生を深め、「聖家族」以来堀の宿題であった、人間の生と死と愛の問題に対する考え方をさらに深く推し進めてゆくことになるのである。一人の作家が他から受ける影響は、表面に現われるものとそうでないものとがあるが、リルケの場合は、堀の内部の奥深い処(ところ)にその影響を見ることが出来ると言えよう。

堀辰雄がリルケから吸収したものは多いが、かつて詩人としてその文学的第一歩を踏み出した堀にとって、リルケの中に見い出した一番大きなものは詩の新しい道であった。

昭和十二年四月四日付の富士川英郎宛書簡にリルケの「鎮魂曲(レクイエム)」の読後感を次のように語っている。

去年の夏「レクイエム」を読み、詩とはかういふものだつたのかとはじめて目がさめたやうな気のした経験があり、そんな気もちをもつとはつきり、深くさせたいやうな、いくぶん性急な思ひにかられてゐるのも事実なのです。

堀が、死は本来、神と同様にわれわれの内部に存在しており、「神のちから」に対しては服従が反抗よりもかえって強いのだというリルケの思想から導き出した一つのイデエ、それは、「常にわれわれの生はわれわれの運命より以上のものである」ということであった。そしてこのイデエとリルケに見い出した「詩」を結晶させた作品が、堀の代表作「風立ちぬ」なのである。

このリルケに関してはちょっとおもしろい挿話（エピソード）がある。

萩原朔太郎がまだ生きていた頃、銀座か新宿かで朔太郎を囲んで騒いだ時、たまたま話が堀のことになると、朔太郎はさもびっくりしたような表情で言った。

「堀君にも思いのほか烈しいところがあるのだね」

話はこうであった。堀が愛読していたリルケの「マルテの手記」の一部を訳して、『四季』かなにかの誌上に発表した。すると、あるドイツ語学者が、その誤訳を指摘した文章を他の雑誌に発表、とここまではよく日本に見られる現象であったが、さてその文ののっている雑誌が堀のもとに届けられたのである。すると彼はそれを読んで何と感じたのか、その雑誌をパリパリと引き裂いて、屑かごにほうりこんでしまったということである。

堀文学のファンは、これを読んで朔太郎と同じように驚くかもしれないし、作品に現われる堀の世界には何処にもそういう癇癪(かんしゃく)筋は見当たらないかもしれないが、この話が示している彼の強さこそ堀辰雄の文学を奥底で支えているものであり、病いと戦いつつ五十歳の年月を生きた力となっているのである。堀辰雄の未亡人多恵子は「タツヲは強情だった」としみじみ述懐している。

## 「菜穂子」とモーリヤック

詩の新しい道をリルケから学んだ堀は、一方、彼の願っていた本格的ロマンを、現代フランスのカトリックの作家フランソワ・モーリヤックによって教えられた。

彼がモーリヤックに親しみはじめたのも、リルケと同じ昭和九年であり、『新潮』の七月号には「小説のことなど」と題して、モーリヤックの小説論について述べている。昭和十年前後の堀の小説のお手本はモーリヤックだったようだ。

堀がモーリヤックに学んだのは、「作家にとって自分を棄(す)てることがいかに大切であるか」という事であった。

「最も客観的な小説の背後にも、……小説家自身の活(い)きた悲劇は隠されてゐる。……しかし、その私的な悲劇がすこしも外側に漏れて居なければ居ないほど、天才の技巧はあるのだ。」というモーリヤックの言葉を引いて、――さういふ今日、私はいままで好い気になって自分自身の物語、あるひはそれに似たものをばかり書いてきた私自身がすこし腹だたしいくらゐである――と反省をしている。そしてモーリヤックの「一方では論理的な、理智的な小説を書きたいといふ欲求、また一方では、不合理、不確かさ、複雑さをもった生きた人物を描こうといふ欲求――われわれはその二つの欲求の戦場であるがいい。」というテーゼを自分自身の課題として書いた作品、それが「物語の女」を経て、昭和十六年に世に出た堀の念願のロマン「菜穂子」であった。モーリヤックの小説の女主人公テレーズ・ディケルウと菜穂子とは、設定が余りに似すぎていて読んでいて馬鹿らしいような気もするが、モーリヤックが与えた影響の深さをうかがうことが出来て興味深い。

## 『四季』の人々

こんど『四季』と云ふカイエ(ノート)を出すことになりました。まあ、春と夏と秋と冬とに一冊づつ出して行かうといふのです。編集法は大体フランスでヴァレリイ(フランスの詩人、評論家)やファルグやラルボオなどの出している『COMMERCE』に学ばうと思ひます。僕も病気がちなので編集なんかするのは無理なんですが、まあきはめて我儘なやり方で、当分やつて見ます。そのうちもつと適当な人を見つけて貰ひたいと思ひます。

堀辰雄編集の第一次『四季』は、昭和八年五月に発行された。春の号である。七月に夏の号が出たが、季刊の『四季』は二号を発行して休刊となった。

今年の冬、三好達治君に会つていろいろ詩の話などしたとき、詩のいい雑誌がないね、薄つぺらでもいいからさうふう雑誌がほしいね、とお互に言ひ合つてゐるうち、僕は去年の夏の号を出したきり休刊してゐる「四季」のことを思ひ出し、あれをひとつその詩の雑誌にしようかと言ひ出したのが、ずんずん具体的に話が進んでゆき、「四季」刊行者の日下部君も賛成してくれここに「四季」を詩の雑誌として再刊することになりました。

昭和九年十月、第二次『四季』はこのようにして月刊として創刊された。三好達治、丸山薫、堀辰雄の三人の手で編集された月刊『四季』は、昭和十九年六月の第八十一号を終刊とするまで続き、終刊の頃には同人の数二十八名を越えるほどであった。井伏鱒二、萩原朔太郎、竹中郁、立原道造、津村信夫、中原中也、神西清、神保光太郎、室生犀星、伊東静雄、田中冬二らが集まっており、詩壇にいわゆる「四季派」と呼ばれる流れをつくってゐた。一般に『四季』と言われているのはこの第二次『四季』を指す。

二年近く休んでゐた「四季」をこんど再刊することになつた。

当分、かういふ小雑誌で我慢しなければならない。しかし、小さいなりに、これからの詩の雑誌の一つとしてのみならず、あらゆる大雑誌のあひだにあつてこれはこれで是非なくてはならない雑誌の一つにさせたいと思つてゐる。

（『四季』再刊　八月号編集後記）

昭和二十一年八月、第三次『四季』が角川書店から刊行された。この第三次の『四季』は五冊目で終刊となった。

『四季』という名前は、今の若い世代にはあまりなじみのない名前かもしれない。最初、堀一人の編集の小さな出発でしかなかった詩誌『四季』は、しだいにその翼を広げて、日本現代詩の中心的な存在となってゆき、昭和の日本の詩史に歴史的な足跡を残している。

堀辰雄は『四季』誌上には自分の作品はそう多くのせなかったし、編集後記を書いたのも、第二次の『四季』では八十一冊のうちたった五回であった。しかし昭和十年代の抒情詩復興の気運の中心としての働きをなした『四季』の抒情的雰囲気は堀辰雄に負うところが大であったと思われる。日本文学をせまい土壌から解放して世界的視野に立つものに育てようとした堀辰雄の人がら、風格といったものが同人を結ぶきずなとなり、それが雑誌に反映して、雑誌の雰囲気を作っていた。『四季』派の人々は、フランシス・ジャムやリルケから多くの影響を受けている。特にリルケからの影響が強かったということは、数多くの翻訳やエッセイが次々と掲載されたことからも良くわかる。これは堀とリルケの深いつながりから来るものであることは明らかであり、このことからだけでも、堀辰雄が『四季』の精神的支配者であったことがわかるであろう。

日本の風土に文学を育てるためには、作家や詩人が孤立してはならないという考えから、堀辰雄は同人雑誌を大切にした。

『四季』は廃刊とせず最終号あたりで一時休刊といふかたちにしておいてもらひたい。『四季』は、僕一人の雑誌ではないから他の同人が再刊するときのことも考へなくてはいけない。その時まで僕が『四季』の名義を預かつておく形にしたい。そして他の書店から再刊の折りにも角川書店としては心よく無条件で再刊させてほしい。そのことは角川君に約束しておいてもらひたい。

堀が『四季』に注いでいた愛情にはなみなみならぬものがあった。堀は詩というものを、生涯に数えるほどしか作らなかったが、その中には抒情詩的な魂から生まれる書かれざる多くの詩があったはずで、それらはことごとく小説の中につぎこまれた。本質は詩人である堀辰雄が、詩誌『四季』と『四季』同人の詩人たちを大切に育てた大きな要素を占めていたことも指摘できる。堀辰雄はまわりに人を集めるのがうまく、また若い人たちの才能を引き出す教師的な才に恵まれていた。堀辰雄が日本の現代詩に及ぼした業績は高く評価されなければならない。

『四季』時代の堀の素顔については、同人の丸山薫が書いているが、当時、堀は信濃追分に暮らしており、送ってくる手紙やハガキはいつも先の太い色鉛筆で書かれていて、その理由をきくと、芯が固くなくて疲れないからだといったそうである。

また、コロンバンやジャーマン・ベーカリーのような外人の店が好きで、東京に出て来るたびにそんな店で食料品を買いこんだり、人と会ったりしていた。資生堂の喫茶部も行きつけの店で、よくそこで雑誌の相談をし、そんな時の堀は絶え間なく軽い咳ばらいをして首から襟巻(えりまき)を離さなかったという。

## 堀辰雄と若き詩人たち

昭和七年か、八年の秋のある日、一人の背のひょろりと高い少年が、突然向島小梅町の堀辰雄の家の玄関に立った。部屋に通されたその少年は、三時間ほどすわっている間、ほとんど何も話もせずまるで怒っているかのように黙っていた。この極端にはにかみ屋の少年が立原道造であった。当時立原は一高の理科の二年に在学し、校友会雑誌に「あひみてののち」を書いて全校の注目の的になっていたまだ十八歳の美しい少年だった。彼は一高入学の前の年、十六歳の時にすでに室生犀星に知られていた。犀星—辰雄—道造という三人の詩人のきずなは、こうして結ばれていったのである。

立原にとって堀辰雄は良き師であり、時には良き兄であった。この二人の出会いが、会うべくして会ったという感じがするのは、文学資質の相似とともに、二人の生い立ちが似ているせいかもしれない。

堀は向島、立原は日本橋と二人とも下町っ子であり、中学は府立三中(現都立両国高校)、一高ではいずれも理科の生徒であった。堀ははじめ医者を志したが小説家となり、立原は建築家を志して東大の建築科に入学したが、詩人となった。ここで私たちは、下町で生まれ、下町で育ち、そして同じ府立三中を卒業したもう一人の作家芥川龍之介の顔を思い浮べることができる。

芥川—堀—立原というもう一つの系列について、中村真一郎はそのすぐれた考察の中で次のように語っている。

堀さんの文学からは「下町」は払拭(ふっしょく)されていて、影響をとどめていない。これも現代の歴史の流れの速さのなかでの下町生活情調の消滅から来る自然の成り行きというより以上に、堀さんの意識的操作の結果だったように、ぼくには見える。

ところで、堀さんの最良の弟子であつた立原道造も、下町生まれの下町育ちの人であつたが、彼の文学にも、下町は何処にも見出せない。しかし、それも彼が自然と下町から自由であつたというのでなく、自分のなかにある江戸末期以来の下町文化を否定しようとして意識的な努力を続けているのだ、ということを、ぼくは直接、彼の口から何度となく聞いた。

堀さんの師であつた芥川龍之介においては、同じ下町がほとんど宿命的なものに見える。（略）その風土的要素を芥川は自己の人格の構成分子の体質的なものとして受けとつている。

堀辰雄が犀星によって、彼の第二の故郷ともいうべき軽井沢、信濃追分の地を知ったように、立原は堀辰雄によってそれらの地を訪れ堀を通してリルケへと近づき、また『四季』の詩人として育てられた。夭折（ようせつ）した立原は、その短い生涯のほとんどすべての時期を、堀とともにあったといえる。堀辰雄が昭和十三年、三十五歳の時に加藤多恵子と結婚するまで、二人は追分で共同生活をしたりした。——絶対に堀を好いてゐた彼は、堀辰雄のまはりを生涯をこめてうろうろと、うろ付くことに心の張りを感じてゐたらしかった——と室生犀星は書いている。

堀の心は、ある時はこの若い魂を愛撫するかのように近く、またある時は遠くから冷たく若い詩人の心を見つめるかのようにして、最愛の弟子立原道造の上にそそがれていた。

しかし昭和十三年、立原道造は謎のような「風立ちぬ論」を書いて偉大な師、堀辰雄に訣別した。立原は友人に、「風立ちぬ」に現われている堀辰雄の文学の危機を、眼に泪（なみだ）をためながら語ったという。しかしその反逆は文学上でのことであって、決して堀個人に対するものではなかった。立原は、彼自身の内部に深く深く育てあげてきた師、堀辰雄に対して別離をしたのであった。立原は「僕が去ったらあなたはどうなさる？僕は信じている、あなたの崩壊を。」という言葉を残して去ったが、堀の側に崩壊は起こらなかった。むしろ「風立ちぬ」以後、より豊かな実り、よりみずみずしい葉の茂り、よりかぐわしい花をその文学に咲かせたと言える。立原道造は、翌昭和十四年堀辰雄と同じ病い、結核のために永遠に堀辰雄に別れを告げた。享年二十六歳であった。

堀の文学とともに、その人柄にひかれて、堀のまわりには大勢の若い人たちが集まった。犀星を通して知った詩人津村信夫、野村英夫、少し遅れて中村真一郎、福永武彦、加藤道夫といった人たちである。野村英夫が立原の紹介で堀に会ったのは昭和十一年の夏、信濃追分においてであった。当時十九歳、立原や津村などの追分の仲間では最年少で、野村少年と愛称されていた。犀星の一家と家族ぐるみのつきあいをしていた津村信夫は、昭和九年『四季』の同人となり、堀と立原を知るようになった。この若者たちは、堀を中心として一つの文学圏を形造っていた。その輪は、犀星を中心とするもう一つの文学圏とたがいに交わっていたといえよう。

軽井沢の犀星の家の四畳半には、立原や津村が彼らの恋人を連れてやって来たり、堀も泊ったことのあるこの離れは、百田宗治、萩原朔太郎も旅行の途中、昼寝をしては、また旅立っていった部屋であった。

昭和十四年夏、立原が逝き、昭和十九年、津村信夫が三十六歳で死んだ。二十三年には野村少年が続いた。二十一歳であった。幾度も危いと言われながら堀辰雄は病弱の身体で、五十歳まで生きのびた。長くもない生涯にこれだけの弟子に先だたれるということは堀辰雄のその鉱物質の強さが、若い弟子たちを傷つけ

左から野村英夫、中村真一郎、森達郎、堀辰雄

犠牲の血を流させたと思わせるような凄惨な印象を与える。

しかし、とにかく立原、津村、野村が詩人として名をなし、加藤道夫が「なよたけ」の作者として知られる劇作家となり、そして中村真一郎、福永武彦の現在の活躍を思いあわせる時、たしかに堀は、伊藤整が言うように「一種の教育者」それも非常にすぐれた教育者だったことはたしかである。

# レクイエム

## 王朝文学・悲劇の女性

婚約者矢野綾子を昭和十年末に喪（うしな）った堀は翌年「風立ちぬ」を発表した。さらに冬になって、「風立ちぬ」の最後の章、一篇のレクイエムともいえる終章を完成しようとしたが書けず、そのまま追分で冬を越すことになった。暮れになって、二、三日本を買うために上京したきりですぐ堀は、追分にもどった。

翌、昭和十二年の春になると、婚約者の死や執筆が思うように進まぬことから来る空虚な気持から脱（のが）れるために、堀はその心をひたすら日本の古い美しさに向けはじめた。そして親しみ始めたのが日本の王朝文学であった。六月になって、堀は生まれて始めて、日本の古都京都に旅をして、そこの古い寺の一室でしばらく暮らしたりした。

堀辰雄が王朝文学に親しみ始めたのは、丁度日本が第二次世界大戦へと突き進んでいた時であり、文学の方面でも〝日本的なもの〟についての議論が盛んにおこなわれ、古典復帰の気運が起ころうとしていた時であった。

堀の王朝小説の第一作は「かげろふの日記」である。

彼が少年の頃からの愛読書である「更級日記」を題材に選ばず、「蜻蛉日記」を選んだその理由について、現在の自分の空虚な、孤独な心にとっては、——何か日々の孤独のために心の弱まるようなこちらを引きたててずんずん向うの気持に引きずりこんでくれるような、強い心の持ち主——でなければならなかったと堀自身説明している。

「蜻蛉日記」は道綱の母（藤原倫寧の娘）の作として伝えられる十世紀末の女性の日記である。藤原兼家との馴れそめから、一子道綱を生むまでの恋愛の経緯、やがて夫兼家の愛を失っていく、忍苦に満ちた王朝女性の生活体験が、この時代には珍しく率直な私生活の告白体のかたちで書かれている。女の生命である恋愛に、永遠の理想を求めようとした作者が、当の恋愛の相手から裏切られ、死ぬほどの苦しみを受けながら、そこから生まれてくる静かなあきらめに生きる姿は、日本文学中もっとも悲劇的な女性像である。

堀さんと親しくなつたのは昭和十二年だつたから、最初の試み「かげろふの日記」にひたむきにかかつていた頃なのである。自らを神にすることの容易に可能だつた人々の精神になじめなくなり、日本の古典の貧しさ悲しさばかり何故か目について、少し倦怠の気風さえ生じていた私は、ある初冬の夜資生堂のテーブルに対いあいながら、「更級日記」や「かげろふ」について語る堀さんの熱心な話を、ここへ足を踏み入れては動きの取れぬことにならないかしらと、幾分杞憂のような、また一種名状し難い羨望の気持ちを抱いて聞いていたのだつた。

（小谷恒「堀辰雄と日本古典」）

「かげろふの日記」は昭和十二年十一月に完成されたが、その直後当時の定宿であった追分の油屋が火事になって一切の資料を失った。

依頼されていた原稿を十八日（十一月）に仕上げ、それを軽井沢まで速達で出しにいってそのまま川端康成のところで火をたきながら話しこんでいるうちに、その晩はとうとうそこに泊まって、翌日汽車で追分に帰ったら油屋はすっかり焼けてしまっていたのである。

火事の起こりは隣家のお上さんが豚小屋の前で豚にやる餌を煮てゐた火の不始末からだとか、――夕方川端さんが軽井沢から自動車で迎へに来てくれたので、火事のをさまるのを見て軽井沢に避難しました。僕の外に油屋にゐたのは立原君（立原道造）、野村君（野村英夫）、――立原君などは二階にゐて逃げ遅れて危く焼け死ぬ所だつた由、――この二人はけさ帰京しました。僕はなんだか東京に帰りたくないので当分こちらに一人居残り、仕事を一つか二つやつてゆくつもり。

（十一月二十二日付　軽井沢つるやより　佐藤恒子宛書簡）

堀と同宿していた立原道造は、この時二階のむかしお女郎部屋も兼ねていた格子窓の部屋におり、やっとその柵をこわして焼け死ぬことをまぬがれた。焼け死ぬことをまぬがれたとはいえ、立原はその後一年半ほど生きのびただけで宿痾の肺結核のために世を去らねばならなかった。火事の二日後、立原は着のみ着のままのレインコート姿で東京の室生犀星の家へ現われている。詩人の神保光太郎にあてた彼の手紙には「悲劇は豚の鳴声に初まった」と書いてあったそうだが、それは油屋の隣家にあった火元の豚小屋から聞こえる悲鳴であったのだろう。

## 大和路・信濃路

「かげろふの日記」の完成に先立って、十二年六月、堀は生まれてはじめて京都へ旅行をしている。その時滞在していたのは、百万遍竜見院の一室である。午前中は気ままに読書をして過ごし、午後からは竜見院のすぐ近くにあったドイツ文化研究所にリルケ研究者の大山定一を訪ね、ふたりで連れ立って郊外を散歩したり、博物館を見物しに行ったりしており、博物館では、秋草などを描いた江戸初期の画家宗達の絵が気にいったらしい。その間に、大和（今の奈良県に属す）の古寺や嵯峨、大原などをかなりまめに訪れている。

昭和十四年五月に、堀はふたたび大和へ旅立った。十日ほどの小旅行ではあったが、親友神西清と一緒で、唐招提寺や薬師寺などの古寺や藤原京跡などを見て歩いた。彼はもともと花好きであったが、この時、春日神社一帯に咲いていた馬酔木の花がすっかり気にいってしまい、わざわざその木を手に入れて東京の家の玄関先に植えて楽しんだりしている。馬酔木の花もそうであるが、堀は特に白い花を好んだが純白のイメージはどこかで堀の文学とつながっているような気がする。

この後、堀はまるで故郷をたずねるように何度も大和への旅を試みている。堀がこの大和路に見い出したものは、もっとも日本的な風土であり、そこに「亡びゆくものへの愛」を見い出したのであろう。そしてこの大和路は、軽井沢と地理的には近いが質的にまったく異なる非西欧的風土の信濃追分とともに、彼の王朝文学を生み出す一つの土壌となったのである。

## 杉皮の家

昭和十二年、油屋に一人の女性が勉強中の弟と一緒に滞在していた。後の堀夫人、加藤多恵子である。

「風立ちぬ」の作者として紹介された堀辰雄は、彼女より九歳も年上で、無精ひげをはやし、髪の毛はくしゃくしゃで、両手を帯のあいだに突込み、背中をまるくしていつも何か考えながら歩いていた。こんな堀に、多恵子は最初親しみがもてなかったらしい。しかし友人に「堀さんといういいおじさんがいるからぜひ一度追分に遊びにいらっしゃい」という手紙を書いている。堀は、「いいおじさん」ではあったが往年のスマートさはどこへやら、まあ、あんまりイカサナイおじさんだったわけである。

その夏も終わりになって、亡き婚約者矢野綾子の父が妹娘をつれて追分の堀を訪ねてきた。彼はたいそう多恵子が気に入ったらしく、帰京後すぐに犀星のところへ行ってふたりのために取り持ち役を買って出たのである。犀星は後に、

「君が堀君と一緒になつたのは矢野のオッサンのおかげでしよう。堀君一人じやとても君に結婚を申し込む勇気はなかつたろうね」

と多恵子をからかったそうである。

綾子の妹良子もよく多恵子になついて、堀のお嫁さんはどうしても多恵子さんでなければいけない、自分ひとりで彼女の母のところへ行って、多恵子さんを堀にもらって来て上げようかと、まじめに言ったと堀辰

雄は多恵子への手紙の中で語っている。

君にこんなことを言ふのもをかしいが、僕がたとひ自分の気に入つた女性が見つかつたにしても、それが綾子の気に入りさうもない奴だつたら、潔く諦めてやらうと思つてゐた位でした。しかし、その点君なら申し分ないと、君を知れば知るほど思つてゐますが、その方の自信はありますか？本当にまだ自分は子供だなあと思ふことは始終だけれど、僕はもう三十五（なんだか自分でも嘘みたいだけれど）にもなつてゐるのだし、これまで二つも三つも大きな人生を経験したあとですから、自分に好きな人が出来てもその人にもう夢中になつて逆上せあがるやうなこともない代り、その人の性格や才能の好いところも悪いところも恐らくその人自身と同じ位に知つた上で、その人を本当に静かな気もちで好きになつてゐられるのです。僕が君を愛してゐる気もちもそれに近いものです。どうかさういふ僕の気もちを分かつて下さつて、僕のなかの君のすがたに君自身も安心してゐて下さい。

堀らしい細やかな行きとどいた手紙ではあるが、とりようによっては、堀辰雄の看病のために結婚したような多恵子にとって少々辛い手紙である。

三月の末に退院した堀は、多恵子の母の心づくしで、杉並の彼女の家の一部屋で結婚式の前日まで静養した。そして十三年四月に室生犀星夫妻の媒酌によって雅叙園で式を挙げた。そのあとふたりはまだ寒い軽井沢に向けて出発し、一時犀星の別荘に住んで新居をさがし、軽井沢愛宕山の貯水池の近くに新婚の家を定めたのが五月にはいってからである。

まあ、この世のこんなところに、——かうして自分の気に入つた屋根裏部屋をしばらくなりと借りられて椅子（いす）や花や犬などと気持よささうに暮らしてゐる、恐ろしく出来損（そこな）ひのマルテといつた恰好の自分、——それにしたつて、その気持のいい何もかもがいつまで自分のものであるわけのものではなく、そんなフランシス・ジャムのやうな詩人になり切れさうな日も、また何と遠いことだ……

（「卜居（ぼっきょ）」）

軽井沢の新婚の借屋の住み心地はこんなものであった。

この年の五月中旬に、養父上条松吉危篤の電報を受けとり、夫人とふたりで向島の家へ帰ったが、身体（からだ）の工合を悪くして、父の容態（ようだい）の落ち着くのを待ってふたたび軽井沢に戻った。その頃、歌人の片山広子（松村みね子）が雨の中を訪ねて来て次のような歌を二人のために詠んでくれた。

風まじり雨ふる夜に杉皮の家ぬれてゐたり君が家なるや
フランスの新聞をこまかく裂きて堀辰雄暖炉の火をもす
むすめらしくほそき姿のわかづまは黒き毛いとの上着をきたり

この頃から文壇では、戦争文学が大きな地位を占めるようになり、多数の文学者が政府の委嘱によって漢口攻略戦に従軍するという、近代日本文学史上はじめてのことが行なわれた。世にこれは「ペン部隊」と呼ばれた。このペン部隊の結成は、常に大きな問題である政治と文学の露骨な結びつきであるといえよう。こうして純粋な文学は徐々に姿をけしていかなければならなくなったのである。この年、堀辰雄は彼の幼年時代の回想である「幼年時代」を書いた。

### 終焉（しゅうえん）の地

昭和十四年三月、堀は鎌倉小町に転居した。夏の末には、軽井沢の山小屋を閉めて、多恵子夫人と二人で野尻湖への小旅行を試みている。

この年の九月、ドイツ軍はポーランドに侵入し、英仏はドイツに宣戦を布告し、ここに第二次世界大戦は幕をきって落されたのである。しかし堀はこの暗い渦の中にあって、静かに自分の生活を守り続けた。昭和九年に書いた「物語の女」の続篇として構想を立ててはじめてから七年の長い歳月の後、堀はその名作「菜穂子」を完成した。戦争下におけるもっとも純潔な芸術派的抵抗文学の実りの一つとさえ言われる「菜穂子」は、堀文学を一貫して流れる死と生と愛の三重奏のもっとも野心的な試みであった。

昭和十六年十二月に勃発した太平洋戦争をさかいとして、堀の生活は信濃追分に移った。

「十六・十七・十八年、このたった三年間が辰雄の健康状態の良かった、したがって私たちの一番楽しかった時代でもあるわけです」と夫人が述べているように、「菜穂子」完成後の堀は、木曾路更科、大和などであちこちにその足を運んでおり、夫人同伴で大和へ行った折に取材して「大和路信濃路・辛夷（あしび）の花」、「大和路信濃路・浄瑠璃寺（じょうるりじ）」などの紀行文風の作品をつぎつぎと発表している。

追分の堀家

しかし、昭和十九年になってたびたび喀血するようになり、絶対安静の状態が続いた。九年には追分の油屋の隣家に転居し、ここが堀辰雄終焉の地となった。昭和十九年以後の堀の生活はほとんど病気との戦いであったがしかし堀は決して病気に神経質な方ではなかった。彼は結核を、まるで仲の良い友人ででもあるかのように考えていた。ストレプトマイシンがはじめて輸入された時、神西清らが思い切って使ってみてはとすすめたところ「僕から結核菌を追つ払つたら、あとに何が残るんだい？」と反問したということである。

書斎（右）とその内部（左）

多くの人が、堀の文学は彼の病気と切りはなしては考えられないと論じているが、矢内原伊作などは「ぼくは断言していい、堀辰雄の文学は病気とは何の関係もないと。その純粋な性格は病気によって強いられたものではなく、どんなに苛酷な病気のなかでも持続をやめなかった強い意志が自ら獲得したものにほかならなかった。」とその無関係を強く主張している。

**敗戦、瀕死の床**

昭和二十年八月十五日、敗戦を伝える天皇の声が電波にのって日本中を流れ、人々の顔にもようやく安堵の色が浮かび、文学の世界にも新たな光が投げかけられた。

まず最初に声をあげたのは、戦時中沈黙を余儀なくされていた老大家たちであった。永井荷風の「踊子」が雑誌『展望』に発表され、戦時中書きつがれてきた谷崎潤一郎の「細雪」が『婦人公論』の誌上をかざった。一方、昔の『驢馬』の仲間であった中野重治や窪川鶴次郎たちも、新日本文学会という文学団体を作って、プロレタリア文学の再出発の基としたのである。

堀が戦後に発表した作品らしい作品は、昭和二十一年の二月に書かれ、『新潮』三月号に発表された「雪の上の足跡」一編である。その後は旧作を続々と出版するにとどまり、昭和二十五年に出版された角川版の『堀辰雄作品集』に対しては、毎日出版文化賞が与えられた。しかし決してこれは堀が創作から遠ざかったのではなく、著しく悪化した肺結核が堀からその筆を奪ったというほかはない。彼はほとんど寝たきりの生活の中でも決して本は手放さず、常に新しい書物に注意し精進を怠らなかった。そしてたとえ読めなくとも、その本が枕もとにあるだけで楽しく、これだけが今の唯一の楽しみだと枕辺の人たちに言っていた。時には読めない本を、多恵子夫人が朗読してそれをじっと床の中で耳を傾けている彼の姿が見られた。

癌も苦しいが、当時の結核もまた業病であった。詩人の魂の宿命的な孤独と病気の苦しみの中で、

「こんなに苦しむくらいならもうなんとか死なしてもらいたいな」

とつぶやきながらも、看病の多恵子夫人が「それなら一しょに死にましょう」と引きずられるように言うと

「僕が自殺をしたら、僕の今までの作品はみんな僕と一しよに死んでしまうだろう。……わかるか？僕の努力はみんなむなしくなつてしまうのだよ」

と堀は夫人の顔を見上げて、さとすように祈るように語ったという。死よりももっと苦しい生を生き、そしてそこから生まれた美しい結晶だけを世の人に問うた堀の生き方は、けして甘いロマネスクなものではなくむしろ私たちに実存の可能性を教えている。

また晩年の堀はほとんど文学活動らしい活動をしていないが、彼の周囲からは加藤周一、福永武彦といった何人かの若い作家たちが巣立っていった。その意味で晩年の堀は、明日の文学の担い手として目に見えぬ活動をしていたと言えよう。

## 悼詞

堀辰雄は昭和二十八年五月二十八日午前一時四十分信濃追分の自宅で、多恵子夫人と矢野綾子の妹良子にみとられて死去した。享年五十歳。

辰雄の死の二日前、追分にはめずらしく突風が起こり、浅間の小砂利を辰雄の寝室のガラス窓に激しくぶつけた。びっくりした多恵子夫人は寝床の傍にかけより、病人の身体をふとんの上から抱くようにして支え、あいている片方の手でしっかりと辰雄の手を握ると、彼は幾度も「不気味な風だなあ」とくりかえして言った。その翌晩、堀はいつになく冗談めかして「グッドバイ」と多恵子に言うと、細い長い指を挨拶するようにちょっと動かしてみせた。それからほぼ二時間ほどして大喀血が始まった。あとからあとから続く出血に両手のふさがっていた多恵子は、膝でベルを押して女中を起こし医者を呼びにやった。たまたま遊びに来ていた良子も、ウトウトした時夫人に呼びおこされ、辰雄の部屋に行った時には、すでに喀血もおさまり堀は手のほどこす術のない死者になっていた。追分ははや明け方に近かった。

堀君、君こそは生きて　生きぬいた人ではなからうか、一日の命のあたひをていねいに手のうへにならべて、劬はりなでさすつて、けふも生きてゐたといふふうに、命のありかを見守つてゐた人ではなかつ

追分から見た浅間山

たらうか。

君危しといはれてから三年経ち　五年経ち十年経つても、君は一種の根気と勇気をもつて生きつづけて来た。だから君の場合、君の死に対する僕の観念はいつもやすらかであつて、堀辰雄はもう一度起き直るぞと、そんなふうに僕は無理にも考へやうとしてゐた。

だがやはり君は死んだ。かけがへのない作家のうつくしさを一身にあつめて、誰からも愛読され、惜しまれて死んだ、君の死といふことも実にこんなけふの日のことだつたのだ。

君にあつたほどの人はみな君を好み、君をいい人だといつた。そんないい人がさきに死ななければならない、どうか、君は君の好きなところに行つて下さい、堀辰雄よ、さようなら

（室生犀星「悼詞」）

五月三十日信濃追分の自宅で仮葬を執行、六月三日、川端康成葬儀委員長のもとに東京芝の増上寺で告別式が行なわれた。

# 第二編　作品と解説

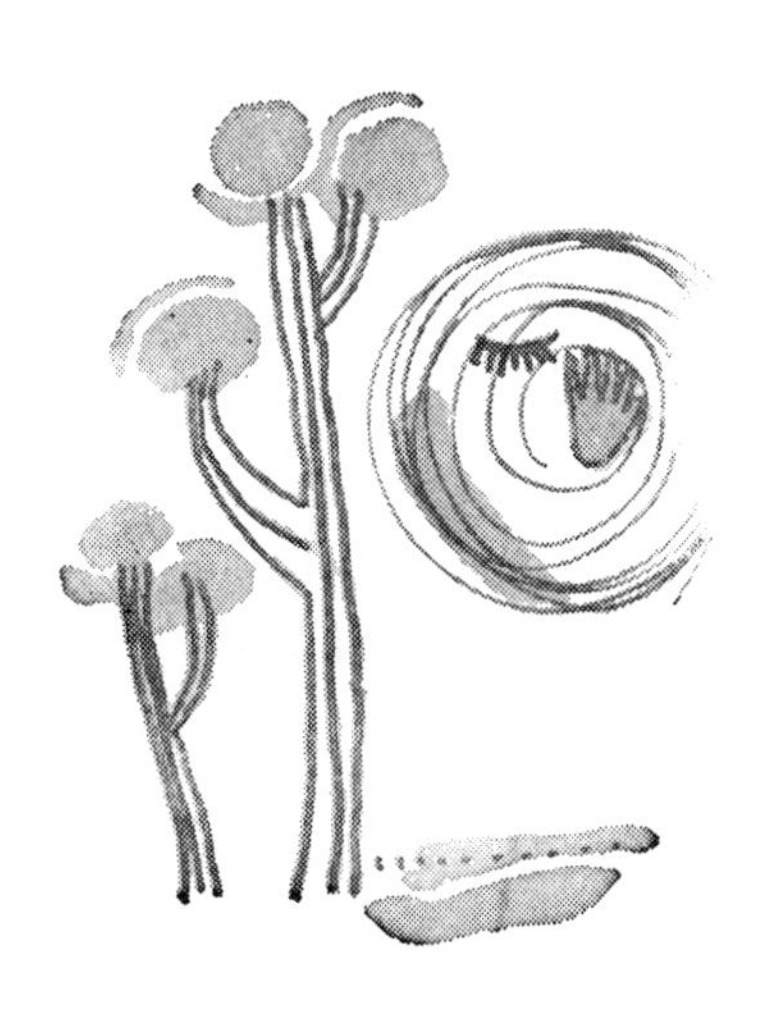

# 詩

## 天使達が……

天使達が
僕の朝飯のために
自転車で運んで来る
パンとスウプと
花を
すると僕は
その花を捲(むし)つて
スウプにふりかけ
パンに付け
さうしてささやかな食事をする

この村はどこへ行つても　いい匂がする
僕の胸に
新鮮な薔薇（ばら）が挿（さ）してあるやうに
そのせゐか　この村には
どこへ行つても犬が居る

＊

西洋人は向日葵（ひまわり）より背が高い

＊

ホテルは鸚鵡（おうむ）
鸚鵡の耳からジユリエツトが顔を出す
しかしロミオは居りません
ロミオはテニスをしてゐるのでせう
鸚鵡が口をあけたら
裸の黒ん坊がまる見えになつた

軽井沢にて

「天使達が…」は同人雑誌『驢馬』第9号(昭和二年二月号)に発表され、他の数編の初期詩編とともに、堀辰雄の第一創作集「不器用な天使」におさめられている。いずれも二十歳代の前半に書かれたもので、これ以後堀は詩らしい詩は書かなかった。詩は書かなかったが、堀の小説の一行一行には詩のような彫琢がほどこされており、書かれるべき詩が小説の中に結晶したのだと言える。

このコクトオ風の洒落た詩は、当時アポリネールやコクトオが紹介されはじめた詩壇の中でもとりわけ注目を惹くものであった。詩句については、パンだとかスウプだとかばらの花、ひまわり、ホテル、ロミオとジュリエットなどの言葉にまつわる雰囲気を感覚的に受けとめるよりほかに手はないので、ことさらに説明は要しない。

少女が花を愛するように、堀辰雄も薔薇や馬酔木の花を愛した。夏の花で堀辰雄が好きだったのは向日葵である。「西洋人は向日葵より背が高い」という句は、堀がよく何かにたのまれて書いた句であるが、それがいつのまにか「向日葵は西洋人より背が高い」と変わってしまっていた。夫人があるとき、どちらなのかたずねると

「どっちでもいいんだ」

と突っけんどんに返事したきりであった。もちろん、詩人にとってはどちらでも良かったのであろうが、それでも後になってから、夫人にこんな話をしてくれたという。

軽井沢のテニスコート裏の、ロオスト・ボール・レエン(テニスのボールがそこへ飛んで行くと見つから

なくなるほど草が茂っていたのでそういう名前がついたのだという。）のあたりにはひまわりがたくさん咲いていた。ある年デートリッヒと別れたばかりの失恋の映画監督スタンバァクが軽井沢に来ていた。ロオスト・ボール・レエンをちょっと猫背のスタンバァクが通りすぎてゆくのを見送った堀辰雄は、スタンバァクが一面に咲いているどのひまわりよりも背が低いのに気がついた。それ以来――向日葵は西洋人より背が高い――に変わってしまったのかもしれない、という説明であった。ちょっと話ができすぎているキライがないでもないが、堀の趣味が良く出ているエピソードである。

立原道造が死んでからしばらくたったある初夏、堀辰雄は画家の深沢紅子のアトリエでほこりにまみれた一冊の『堀辰雄詩集』を見つけた。それは生前、立原が堀辰雄の三編の詩を選んで、丹念に筆写し小さな冊子に仕立てたものだった。

そのわづか三つの詩は私が今日までに書くことの出来た詩の全部である。

そんな君の手づから編んだ詩集がそのとき私にそれとそつくりの本をつくる事を夢みさせた。（「献辞」）

堀は昭和十五年夏、生前の立原が編んでくれたのと同じ詩集を、百八十部ほど深沢紅子のさし絵入りで上梓し、夭折した薄幸の詩人、立原道造の墓前に供えた。

## 僕は

僕は歩いてゐた
風の中を

風は僕の皮膚にしみこむ
この皮膚の下には
骨のヴァイオリンがあるといふのに
風が不意にそれを
鳴らしはせぬか

＊

硝子の破れてゐる窓
僕の蝕歯（むしば）よ
夜になるとお前のなかに
洋燈（ランプ）がともり
ぢつと聞いてゐると

皿やナイフの音がしてくる

これも『堀辰雄詩集』に収められた三編のうちの一編であるが、これなどもコクトオの影響が著しい。たとえば『コクトオ抄』の中の「夜曲」、

僕の骨の森の中で
僕の静脈の青い木立の中で
花よ魚よ小鳥よ　いりまじれ
たとえ地上では仲悪くとも

との類似を指摘することも出来る。

堀辰雄は詩人としては、数編の詩を遺したきりであったが、ウイットと洗練された西洋臭さを持つそれらは、みな青春期の目くるめくような感受性で書いた詩ばかりである。小説家としての堀辰雄以前に、詩人堀辰雄が在ったことを読者は記憶しておいていただきたい。後の堀の作品はどれも散文で書いた詩でもあった。

# 聖家族

堀辰雄の出世作でもあり、本格的な小説の処女作でもある「聖家族」は、昭和五年十一月号の『改造』に発表された。

## 作風の確立

この作品は――ただもう何ものかに憑かれたやうになつて一週間ばかりで書き上げてしまったものである――と堀自身が言っているように、堀辰雄にとって人生の最初の大きな出来ごとであった芥川の自殺と、自分自身の生と死と愛の問題を、異常な意欲をもって解きあかそうと試みた作品なのである。

昭和五年当時の、新興芸術派の、うわべのみを飾り立てたような雑駁な作品ばかりが世に出た時代にあって、横光利一の「機械」に続いて発表されたこの作品は、新しい心理主義の作風を樹立したものとして昭和文学の中で特異な存在を示している。

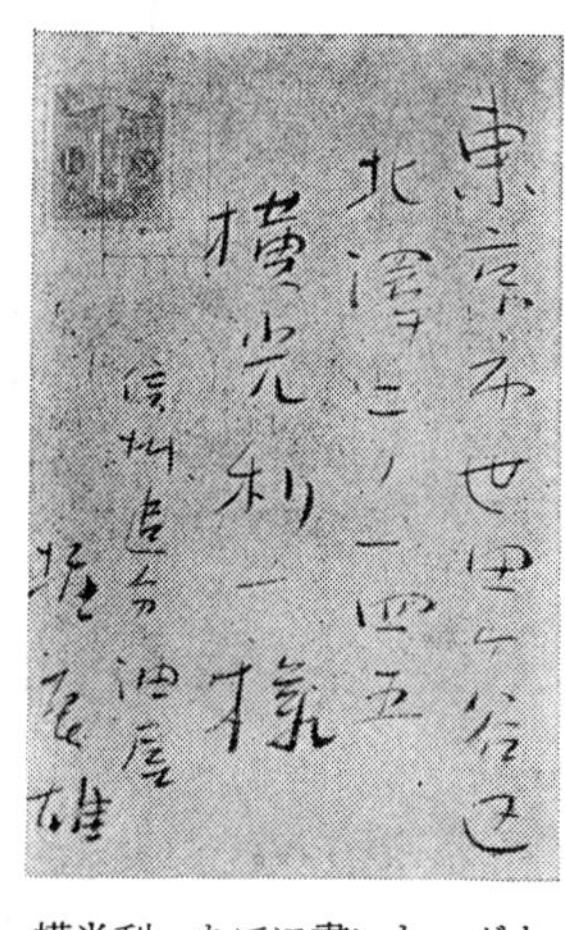
東京市世田ヶ谷区
北沢二ノ一四五
横光利一様
信州追分油屋
堀辰雄

横光利一あてに書いたハガキ

「聖家族」のはなやかな成功はその内容によるというよりは、登場人物の心理の細部を透視する作者の目、愛の心理の複雑な軌跡を描きわける鮮かな技法と文体の新しさによるものといえよう。これらの技法はラディゲの「ドルジェル伯爵の舞踏会」に学んだ小説作法が、正確に応用されており、ある感情の動きの原因を一つ一つ解いてゆきながら、筋を展開してゆく心理解剖などはまさにラディゲそのままである。

## 「聖家族」のあらすじ

死があたかも一つの季節を開いたかのやうだつた。
死人の家への道には、自動車の混雑が次第に増加して行つた。そしてそれは、その道幅が狭いために各々の車は動いてゐる間よりも、停止してゐる間の方が長いくらゐにまでなつてゐた。
それは三月だつた。空気はまだ冷たかつたが、もうそんなに呼吸しにくくはなかつた。

九鬼という小説家の告別式に向かう車の中に、一人の貴婦人風の中年の女性が、目を閉じたきり頭をクッションにもたせかけて半ば失心したように坐っていた。彼女は細木という未亡人だった。

車を降りて群衆の中を「漂流物」のように歩いている夫人に、髪の毛のくしゃくしゃな一人の青年が近づき、親しげに笑いかけながら、夫人の腕をつかまえた。彼は河野扁理といい、生前の九鬼が可愛いがっていた青年である。細木未亡人は、数年前軽井沢で九鬼に連れられていたこの青年をようやく想い出した。

扁理は「どぎまぎしながら」名刺を取り出して夫人にわたそうとしたがそれは九鬼の名刺だった。扁理はそれを裏がえしにして自分の名前を書いてわたした。それを見ながら夫人は「まるで九鬼を裏がえしにしたような青年だ」と扁理のことを考える。軽井沢で九鬼と一しょにその夫人に出会った時、扁理はまだ十五だった。そうして彼は二十になっていた。

このやうに、彼等が偶然出会ひ、そして彼等自身すら思ひもよらない速さで相手を互に理解し合つたのは、その見えない媒介者が或は死であつたからかも知れないのだ。

九鬼の死後、遺族から頼まれて蔵書の整理をしていた扁理は、古びた洋書「メリメの書簡集」の間から、――どちらが相手をより多く苦しますことが出来るか、私たちは試してみませう――と書いてある細木夫人の手紙を見付けた。このような発見があったために、細木夫人との二度目の面会は、九鬼の告別式での偶然の再会のときよりも「ずっと深い心の状態においてなされた。」

九鬼の想い出を語りあっている時、細木夫人の娘、絹子が客間にはいって来た。

その少女は彼女の母にあまり似ていなかつた。

母親の、九鬼の死に対する強い悲しみが、この少女の心のまだ眠っていた或る層を目ざめさせた。そういう少女の扁理への「愛の最初の徴候」は扁理の側にも起こった。しかし扁理は九鬼が細木夫人から傷つけられたように、自分も絹子たちから傷つけられないうちに細木母娘から遠ざかってしまった方が良いと考えて、今までの生活をすててカジノの踊り子とつきあうようになる。絹子は、扁理がそういう乱雑な生活の中に身を置いていることを、自分のせいだと考える。

もしかすると、あの人の愛してゐるのはやつぱし私なのかも知れない。それだのに私があの人を愛してゐないと思つてゐるので、私から遠ざからうとしてゐるのではないかしら。さうして自分をごまかすためにきつとそんな踊り子などと一しよに暮らしてゐるのだ。

乱雑な生活や、自分の不可解な愛の徴候に悩んだ扁理は旅に出る。都会を遠ざかったとき、扁理の脳裏には、ラファエロの描いた天使のような聖らかな絹子の面影がうかんできた。

「おれのほんとうに愛してゐるのはこの人かしら?」

扁理は目をつぶつた。

「……だが、もうどうでもいいんだ……」

そんなにまで彼は疲れ、傷つき、絶望してゐた。

海辺の町で、彼にとって大きな衝撃であった九鬼の死や、絹子への愛情から解放されて行く自分を感じながら、扁理ははじめて快い休息を感じた。

一方、扁理の出発後、絹子は病気になった。病床で、彼女は細木夫人に扁理への愛を告白した。母親を見上げる彼女の眼ざしは、ラファエロの「聖家族」の絵の中の聖母を見上げる幼児のそれにだんだん似ていくように思われた。

## 愛と生と死

「聖家族」は、九鬼の死を軸にして展開する、細木夫人と絹子と扁理の愛の心理のアラベスクを描いた作品である。同時にこの作品は、それらの愛のテーマに密着して、死と生のテーマが織り込まれるという複雑な構成法をとっている。ちょうど愛と生と死の三つの歯車がきっちりとかみあって規則正しく回転していくように、たくみに組み立てられているのである。

三つのテーマ、愛と生と死の中から、まず主人公扁理と、絹子と細木夫人の三人三様の愛の心理を解き明かしてみよう。

細木夫人の九鬼への愛も、九鬼の夫人への愛もどちらも扁理の目を通して描かれており、当事者の口からは何も語られてはいない。

この人もまた九鬼を愛してゐたのにちがひない、九鬼がこの人を愛してゐたやうに。と扁理は考へた。しかしこの人の硬い心は彼の弱い心を傷つけずにそれに触れることが出来なかつたのだ。丁度ダイアモンドが硝子に触れるとそれを傷つけずにはおかないやうに。そしてこの人もまた自分で相手につけた傷のために苦しんでゐる……

どちらが相手をより多く苦しますことが出来るか試して見ましょう、という夫人の手紙（実際には、メリメの恋人がメリメに宛てた恋文の一節である。）に、小説の表面には現われない二人のかつての愛の在り方をうかがわせる鍵がある。ダイアモンドは硝子を傷つける、という原理そのままに細木夫人の「ダイアモンド属」の硬い心は九鬼を傷つけ、一方、夫人の側にはいたずらに複雑な罪の意識、小さな負い目といったものを残した。彼らの愛は不毛である。

九鬼の死に対する母親の強い悲しみは、それまで十七歳の少女の中に眠っていた「ある層」を目覚めさせた。「ある層」とは、愛の感情のことであろう。しかし少女は目覚めつゝある愛の衝動をまだそれとは意識してはいない。だから最初のうちは、扁理への愛を認めようとしない。それは少女らしい嬌慢(きょうまん)さからでもあり、また恋そのものに馴れていないことにもよる。しかし愛はかならず苦しみをともなう。時には甘美な、時には凄惨な……。少女期においては、突然に訪れるその苦痛によって愛をそれと自覚するのである。

扁理の出発後、絹子は病気になった。

さうして或る日、彼女はたうとう始めて扁理への愛を自白した。

——何故私はああだつたのかしら。何故私はあの人の前で意地のわるい顔ばかりしてゐたのかしら。それがきつとあの人を苦しめてゐたのだわ。(略)

そんな風にこんぐらがった独語が、娘の顔の上にいつのまにか、十七の少女に似つかはしくないやうな、にがにがしげな表情を雕りつけてゐた。

絹子の苦痛を帯びた表情、光の工合(ぐあい)によっては狂暴とさえいえる顔の中の暗い二つの穴、その恐い目つきは、母親の心の中に長いこと眠っていた女らしい感情を再び目ざめさせた。ちょうど九鬼の死への夫人の悲しみが、絹子の中に眠っていた愛の感情を呼びさましたのと同じ心理作用の正確な反作用ででもあるかのように。

絹子に訪れたと同じ愛の徴候は、扁理の側にも現われた。しかし扁理は自分の愛を、倦怠だと考える。絹子が自分の愛に気づかない、あるいは認めようとしないのに対して、扁理は自分の愛の感情を、単なる倦怠感とすりかえるという大きなまちがいを起こす。そして、ダイアモンドは硝子を傷つける、という原理を思い出して、女たちの硬い鉱物質の心から傷つけられないうちに彼女たちから遠ざかろうとする。

絹子たちから遠ざかった後の扁理の乱雑な生活の中で、絹子への純潔な愛は育っていくが、それは彼自身気づかないうちに再び引っこんでいった。旅に出て、扁理はラファエロの描いた天使のように聖らかな少女の顔を思い起こし、

「おれのほんとうに愛しているのはこの人かしら？」

と考えるが、扁理の愛は、行先の書いてない白紙の切符のようなもので、たどりつく地はない。はなはだ尻きれとんぼな終り方ではあるが、「もうどうでもいいんだ」という言葉で扁理の愛は終わっている。

九鬼の死は扁理を絹子と細木夫人に近づけ、三人の間に愛の季節を開いた。しかし、これら三人の出来ごとらしくもない出来ごと、恋愛ともいえぬ恋愛は、すべて九鬼の死を中心としており、たとえていうなら九鬼の死のまわりをめぐる衛星のようなものである。そしてこれらの衛星のあいだには真の引力は働いていない。

この凝りに凝った構成をもつ堀の処女作「聖家族」は、前にも述べたように、ラディゲばりの愛の心理描写と並行して、主人公河野扁理の生と死の問題を作品の後半に描き出している。

愛のテーマの歯車と、生と死のテーマの歯車が最初にかみ合うのは、次の文章においてである。

そして彼は彼独特の言ひ方で自分に向つて言つた。――自分を彼女たちに近づけさせたところの九鬼の死そのものが、今度は逆に自分を彼女たちから遠ざけさせるのだと。

少し飛躍した言い方をするなら、自分がほんとうに愛するためには、すなわち生きるためには、それらから自分を遠ざけようとする九鬼の死を超える以外に手はない。愛と生から遠ざけられた時に、はじめて、ほんとうの倦怠(けんたい)(以前、扁理は絹子への愛を倦怠だと思った。それはにせの倦怠である)が生まれた。倦怠は容易に死につながる。彼は旅に出た。

一個のトランクも持たずに海辺の町にやって来た扁理は、歩いていくうちに異様な感覚におそわれ出した。通行人の顔や、風が舞い上がらせるビラなどが、何か不吉な思い出を強いるのである。こうも自分を苦しめるのは何なのであろうか。それは「死の暗号」であった。

どこへ行つてもこの町にこびりついてゐる死の印(しるし)。――それは彼には同時に九鬼の影であつた。

扁理が初めてそこで理解したのは、九鬼の死はたえず自分の裏側にあって自分を支配していた、ということである。生と死は一銭銅貨の裏と表のように、もっとも近く、しかしもっとも遠い。

ただ一つの死を自分の生の裏側にいきいきと、非常に近くしかも非常に遠く感じながら、この見知らない町の中を何の目的もなしに歩いてゐることが、扁理にはいつか何とも言へず快い休息のやうに思はれ出した。

自分の生の裏側にある九鬼の死に見入ることによって、初めて扁理は生の何であるかを理解したのである。九鬼の死を超えることによって扁理は真実の生を獲得したのだと言える。一度は尻切れとんぼに終った扁理の愛の可能性が暗示されてこの作品は終っている。

「聖家族」は細木夫人と九鬼の不毛の愛、九鬼の敗北の死、愛と死と、絹子の聖らかな愛、扁理の生のヴィクトリイを一条のレンブラント光線にあてて浮かび上がらせた作品である。この作品の愛と生と死の三つのテーマの強いコントラストと陰影は西洋の緻密画(ミニアチユア)のように美しい。

**「聖家族」のモデル**

堀辰雄は「聖家族」に先立って、「ルウベンスの偽画」という作品を書いている。この作品は素材、人物配置などの点で「聖家族」と深い関係にある。大正十四年夏の長期間の軽井沢滞在に取材して書いた「ルウベンスの偽画」をさらに発展させ、大きなテーマとしてとりあげたのが「聖家族」なのである。

「ルウベンスの偽画」の完成後、四カ月ほどして芥川龍之介が自殺した。それは堀辰雄にとって「最初の

大きな人生」の経験であった。「ルウベンスの偽画」の初稿から三年半、芥川の自殺から三年たって発表された「聖家族」は、

自分の先生の仕事の終つたところから出発するもののみが、真の弟子であるだらう。

という堀の決意の通り、芥川の敗北の死から出発した作品である。
九鬼のモデルは無論芥川龍之介であり、細木夫人は、晩年の芥川が思いをよせていた女流歌人片山広子である。絹子は片山広子の娘で、宗瑛というペンネームで短篇小説などを書いていた文学者志望の女性である。宗瑛は堀辰雄の当時の愛の対象であった。従って河野扁理は堀辰雄自身にあてはめることができる。
「ルウベンスの偽画」は、前にも述べた通り大正十四年夏の軽井沢滞在の折のことを「美化し小説化した」作品であるが、「聖家族」では、そこに芥川の自殺、宗瑛への堀の愛情の発展がかかっている。

**「聖家族」の署名余談**

堀辰雄が本の装幀に凝った話は有名である。あまり装幀に凝るので「堀は何軒本屋をつぶしただろう」と冗談まじりに友人たちからあきれられたほどである。堀はまた、自著にする署名にも凝った。
限定版「聖家族」の校正が終った時、堀は一高時代からの親友神西清をわざわざ呼び出した。目的は署名用のペンとインキを買うことである。買いに行くみちみち堀が言うのには「細きこと楊柳糸のごときペンと、黒きこと真珠牌（しんじゅはい）名墨のごときインキがほしい。」

堀も神西も一高の理科の卒業生であるが、こと製図学にかけては、理科五年間在学の記録保持者である神西の方がずっとすぐれていた。堀は在学中一枚も自分で製図をしなかったのにくらべて、神西清は在学中の五年間の暇をつぶすために、製図だけは念入りに真面目に描いてきたからである。

ペン先やらそれに合うペン軸をさがしに数軒の店をたずね、黒いインキであることをたしかめるために光にすかしてみたりして一日をつぶした結果、堀はついにどれも気に入らずに何も買わずに帰って来た。

数日して、丸善で良いのを見つけて買って来たのだが、書いてみるとペン先は細すぎ、硬すぎて署名には適当ではない。それから数日して神西のもとに署名入り限定版「聖家族」が届いた。そえ書きには、

この署名に使つたペンとインキは出版屋の二階にころがつて居たものなり、ペンはあたり前のペン、インキは銀行で手形を書くとき使用するものの由

と書いてあった。

## 燃ゆる頬

**失われた少年の日の恋**　生と死と愛の心理のアラベスクをテーマにした「聖家族」を書き上げた後に、堀辰雄はひどい喀血をした。療養をして徹底的に病気をなおしたいとは考えていたが「富士見（サナトリウム）へは金と身体の都合でなかなか行けぬ」と手紙に書いているように、入院費用などの心配からなかなか決心がつかなかった。ようやく富士見のサナトリウムにはいったのは昭和六年の四月になってからである。初夏のころまでサナトリウムにいたが、初夏には退院して軽井沢の片山夫人の別荘や、つるや旅館に滞在していた。

十二月に、東京に戻ってから書いたのが「あひびき」と「燃ゆる頬」である。

「あひびき」は、どこの町にも、また町のどんな裏通りにもあたたかな日が当たり、うっとりとするような五月の風の吹く、ある午後の少年と少女の恋愛めいた気持を抒情的に描いた小品である。

或る日のこと、その坂道を一人の少年と一人の少女とが互に肩をすりあはせるやうにして降りてきた。小さな恋人たちなのかも知れない。さう云へば、さつきから自分等のための love-scene によいやうな場所をさんざ捜(さが)しまはつてゐるのだが、それがどうしても見つからないですつかり困つてしまつてゐるやうな二人に見えないこともない。——

二人は坂道の中途で誰にも見られっこはあるまいと思われる、絵のような庭と空家とを見つけた。彼らの背たけほどに茂った雑草の間をかき分けて庭園内にはいると、奥の方には名も知らぬ花が咲き乱れていた。

少年はすこし上ずった声で言う。

「やあ薔薇(ばら)が咲いていらあ……」

少女は落ち着いて答える。

「あれは蛇苺(へびいちご)よ」

けれど二人は、少年の冒険心が足りないために、彼らの love-scene にはもってこいに見えたその空家の庭を立ち去って行く。そして気がついた時には、いつのまにか支那人町まで歩いて来ていた。

少年の日の恋は、途方に暮れることから始まる。幼い愛の衝動も、より添って歩く少女も、遠い未知の国から、突然に少年のもとにやって来たものであって、それらは少年を困惑させずにはおかない。

一方、少女の日の恋には、少女を困惑させるような何ものも混じってはいないのが常である。少年のいわれない困惑だけが、ただ少女を途方に暮れさせてしまう。少年と少女とは、蜂蜜(はちみつ)色の光のあたる坂道を、うっとりとするような困惑と三人連れでランデブーしているようなものである。

私たちは、やがてはかならずこの少年の日の美しい羞恥(しゅうち)を失わねばならない。困惑したり、途方に暮れたりすることは、とおい、手のとどかないものになってしまう日がかならず来る。

無人の廃屋(はいおく)を背景に、そういう少年時の羞恥を定着させたのが「あひびき」である。失われやすい少年の日の美しい羞恥を惜しみ、失わしめまいと希求したところで堀辰雄は「あひびき」を書いたのであろう。

「あひびき」につづいて、昭和六年一月号の『文芸春秋』に発表した「燃ゆる頬」もまた、過ぎた日の少年の恋をテーマにしている。

堀辰雄は「聖家族」を書いた後、一年ほどして「恢復期(かいふく)」という小品を書いているが、ながい空白の期間を経て、なぜ堀は少年の日の追憶の世界を描くようになったのであろうか。おそらくそれは、療養中に神西清からおくられたプルーストの「失われた時を求めて」の世界が、だんだんと堀辰雄の内部で成長していったことによるのであろう。堀辰雄も、また失われた時を求めたのである。

「あひびき」も「燃ゆる頬」も、心理のロマネスクを正確に詳述した「聖家族」とはまったく異質の世界の作品である。プルーストの影響を受けて、幼年時や少年時の本質を描こうとしたことは、「聖家族」の文体だけの世界からの脱皮であり、俗な言い方をすれば堀の文学的開眼であった。そういう意味で、この二作品は後に来るべき「美しい村」、「風立ちぬ」の前奏曲(プレリュード)のようなものであり、堀の文学史上重要な位置を占めている。

また一般の日本文学史上からいえば堀辰雄の「燃ゆる頬」は、森鷗外の「キタ・セクスアリス」や、室生犀星の「性に眼覚める頃」、三島由紀夫の「仮面の告白」などとともに少年時からの脱皮をあつかった作品として特異な位置を占める作品である。

## 「燃ゆる頬」のあらすじ

私は十七になつた。そして中学から高等学校へはひつたばかりの時分であつた。私の両親は、私が彼等の許(もと)であんまり神経質に育つことを恐れて、私をそこの寄宿舎に入れた。さういふ環境の変化は、私の性格にいちじるしい影響を与へずにはおかなかつた。それによつて私の少年時からの脱皮(だつぴ)は、気味悪いまでに促(うなが)されつつあつた。

蜂の巣のようにいくつもに分れた、高等学校の寄宿舎の部屋には、十人あまりの生徒がいっしょくたに住んでいた。へんに臭い二階の寝室は、汚れた下着のにおいで十七になったばかりの少年をむかつかせ、そのにおいは夢の中にまではいって来て、現実では知らないある感覚を、その夢にあたえた。こうして少年時からの脱皮は、ただ、何かの一撃によって完成されようとしていた。

ある日の昼休みに、少年は名も知らぬ真白な花から一匹の蜜蜂が飛び立つのを見た。その瞬間、それらの白い花は、蜜蜂を自分のところへ誘おうとして、雌蕊(めしべ)を妙な姿でくねらせたように見えた。少年は突然に残酷な気持になって、いま受精を終わったばかりの花をむしりとった。

その時少年の名前を呼ぶものがあった。それは、円盤投げの選手をしている大男で、魚住(うおずみ)という上級生だった。

五月になってから、三枝(さいぐさ)という一つ年上の少年が他から転室して来た。

彼は痩(や)せた、静脈(じょうみゃく)の透いて見えるやうな美しい皮膚の少年だつた。まだ薔薇(ばら)いろの頬の所有者、私は彼のさういふ貧血性の美しさを羨(うらや)んだ。私は教室で、屢(しばしば)、教科書の蔭から、彼のほつそりした頸(くび)を偸(ぬす)み見てゐるやうなことさへあつた。

三枝は誰よりも先に、もう九時頃から寝室へ上ってしまうのだった。ある夜、少年は早目に寝ようとして寝室に上っていった。中は真暗だったが、手にしたろうそくが、天井(てんじょう)に、大きな異様なかたちをした影をなげかけた。壁ぎわの寝床に三枝が寝ており、マントをかぶった大男の魚住が明るいろうそくの光に浮かび出された。

「僕は喉(のど)が痛いんだ…」と、こんなに早く寝室に上って来たことを言いわけするように三枝に言うと三枝は、少年のこめかみの上に冷たい手をあて手くびを握ったが、脈を見るにしては、それは変な握り方だった。しかし少年はそれからというもの「毎晩早く寝室へ来られるため、私の喉の痛みが何時までも癒(なお)らなければいいとさへ」思うようになった。二人の友情は友情の限界を超えていった。

夏休みになって、二人はある半島へ旅行する計画をたてた。二人はどんよりと曇った午前に、両親をだましていたずらをしている子供のように楽しくなくはないが、幾分陰気な気持ちで出発した。

その晩少年は寝床へ入ろうとしてシャツをぬいでいる三枝の背中に妙な突起を見つけた。

「これは何だい？」と訊いて見た。

「それかい……」彼は少し顔を赧らめながら言った。「それは脊椎カリエスの痕なんだ。」

翌日も曇っていた。二人は村の近くの小さな板橋の上で、五六人の娘たちと出会った。中に一番年上らしい目の美しい少女がいた。少年はその少女の妙にしわがれた声に惹かれた。三枝は機敏にその少女に近づき道をたずねた。少年もその少女に印象づけようとして彼女らの持っていた魚籠の中の魚の名前をおそるおそるたずねた。すると彼女も、また他の少女たちもいっせいに笑った。三枝の顔にも、ちらりと意地悪そうな笑いがうかんだのを少年は見逃さなかった。

二人はその少女らに出会って以来不機嫌になり無口になった。乗り込んだ汽車の中で二人は「出来るだけ相手を苦しめまいと努力」し合っていた。二人の恋は終止符をうたれようとしていた。

三枝はその後、ラヴ・レタアのような手紙を少年にたびたびよこした。旅先で言葉をかわした少女の声に魅せられた少年は、しかしだんだんと彼の手紙に返事を書かなくなった。すべては変わりつつあった。

秋になって、新学期が始まった時、校内の掲示板に三枝の死が報じられていた。

それから数年たって、少年は喀血をして高原のサナトリウムにはいった。そこで、脊椎カリエスの十五、六の少年に会った。死んだ三枝のように美しい少年だった。

ある朝、彼は病室の窓から素っ裸になって日光浴をしている十五、六の少年を見た。彼は少し前屈みになりながら、自分の軀の或る部分をじっと見入っていた。

少年は数日後、彼に与えた打撃の大きさに少しも気づかずに退院していった。

「燃ゆる頰」は、性の目覚めによる少年の同性愛、そしてその少年の同性愛からの脱皮をあつかった作品である。

## 花の受精

主人公の官能への目覚めは、高等学校の寄宿舎生活という環境の変化の中で準備されており、そして——ただ最後の一撃だけが残されていた——という十七歳の少年の身体(からだ)と心の不安な前奏曲から、作品は始まっている。

少年にとって「最後の一撃」は、寄宿舎の植物実験室の近くにある花壇のなかで、蜜蜂による花の受精を見たことによって引き起こされる。花の受精が少年に最後の一撃を与えたのである。

三島由紀夫の「仮面の告白」から、この官能への目覚めを描写した部分を引用してみよう。

坂を下りて来たのは一人の若者だつた。肥桶(こえおけ)を前後に荷ひ、汚れた手拭で鉢巻をし、血色のよい美しい頰と輝やく目をもち、足で重みを踏みわけながら坂を下りて来た、それは汚穢屋(おわい)——糞尿汲取人——であつた。(略)

私はこの世にひりつくやうな或る種の欲望があるのを予感した。汚れた若者の姿を見上げながら、『私が彼になりたい』といふ欲求、『私が彼でありたい』(傍線筆者)といふ欲求が私をしめつけた。その欲求には二つの重点があつたことが、あきらかに思ひ出される。一つの重点は彼の紺の股引であり、一つの重点は彼の職業であつた。紺の股引は彼の下半身を明瞭に輪郭づけてゐた。それはしなやかに動き、私に向つて歩いてくるやうに思はれた。いはん方ない傾倒が、その股引に対して私に起つた。何故だか私にはわからなかつた。

堀辰雄の「燃ゆる頬」と「仮面の告白」とは、不思議なほど酷似した少年期の同性愛の感覚と心理の世界を描いている。

「燃ゆる頬」の少し後に書かれた「顔」という作品では「燃ゆる頬」の世界が小さなエピソードとして描かれているので引用してみよう。

寄宿舎へはひつたばかりの頃、路易は或る年上の円盤投げの選手にいぢめられてばかりゐた。もう一人、路易のやうにその選手にいぢめられてゐる少年が彼とおなじ学級(クラス)に居た。或る晩、路易はその血色のよくない、瘦(や)せた少年と一しよに、さびしいグラウンドの方へ逃げて行つた。二人ともすつかりおびえ切つてゐた。その少年はいつか路易の手を握つてゐた。

さうして彼は弱々しい咳ばかりしてゐた。路易はその少年のいつも血の気のない頬がその時ばかりかすかに赤らんでゐるのを夜目にこつそりと見た。路易はそんな顔がうらやましかつた。

路易は自分がその同級生に愛されてゐることを知つた。しかし路易にはそれよりか、自分がその少年自身になつてしまひたいのだつた（傍線筆者）。（「顔」）

少年が初めて自己以外の肉体、厳密に言うなら自己以外の肉体の美しさに気付き惹かれた時、自分がそのものになりたいという欲求、相手に同化したいという欲求は同性愛に特有な心理ではないだろうか。引用した「仮面の告白」と「顔」の傍線の部分がそれである。

ただ、三島の場合、愛する対象の肉体の美しさは「股引」にあり、堀の世界では「ばら色の頬」である。「股引」は「セックス」そのものを象徴しているのに対し、赤らむ頬は、燃えるような官能の熱気とともに「羞恥」をも象徴している。

したがって三島の場合、すべてがあくまで「恥部（セックス）」としてとりあつかわれているのに対し、堀辰雄の「燃ゆる頬」では、性の目覚めそのものの官能的な熱気は、かえって冷たい清潔さで表現されている。同じようにラディゲから影響を受けながら、三島がそこから「恥部（セックス）」を引き出したのに対し、堀辰雄は「羞恥」を見い出したという、そのちがいから来るのであろう。

さて、官能の目覚めによる少年時からの脱皮は「燃ゆる頬」の中ではどのように描かれているだろうか。

少年と三枝は夏休みになって旅行に出る。どんよりと曇った空は、二人の愛の終止符（ピリオド）を暗示させるように不安で暗い。上手（うま）い設定である。二人の愛の終止符、というよりは主人公「私」の少年時からの脱皮は、旅先きで会った一少女の奇妙なしゃがれ声によって完成される。この小説のクライマックスは、声変わりする少女に出会って、主人公「私」がその少女に心惹かれ、二人の同性愛が終止符をうつあたりにおかれている。

夏休みは終わり、秋の新学期になって少年は三枝の脊椎カリエスによる死を知るが、まるでそれを未知の人の死ででもあるかのように遠いものに感じた。少年時からの脱皮は完全になされていた。

**燃ゆる頬**　「燃ゆる頬」は、官能への目覚めにただ最後の一撃だけが残されている時期から、官能に目覚め、同性愛を体験する時期を経て、その同性愛が終止符をうち、異性への愛に成長して行くまでの少年期の愛を、鮮明に描き出した作品である。

花の受精、花の受精をめぐっての魚住との官能の心理的な交錯、魚住と三枝の同性愛、三枝と主人公の少年の恋、少年と旅先の少女との出会いが、すべて螺旋階段を上るように上昇していく。それらの一つ一つの体験は、強いて言うなら心理的な体験であり、作品の舞台も、寄宿舎や旅先の村ではなく、主人公自身の心理の中に置かれている。

これは私のヰタ・セクスアリスである。さういふ主題のものを、できるだけ冷めたく硬い筆触で描いて、一種のペエソスを出してみたかつた。

と、角川書店版作品集の「あとがき」で堀辰雄は語っている。螺旋階段を上りつめたところで、主人公「私」が最後に体験するのは、失った少年期の愛への痛切なペエソスである。

そして私は其処に、私の少年時の美しい皮膚を、丁度灌木の枝にひつかかつてゐる蛇の透明な皮のやうに惜し気もなく脱いできたやうな気がしてならなかつた。

「燃ゆる頬」はやがては褪せねばならない。少年の美しい皮膚は、蛇が脱皮をするようにかならず失わねばならない。過ぎた日の少年時の愛を惜しむ時、そこにはかぎりない哀感(ペエッス)がただよう。堀辰雄が本当に描きたかったのは、この哀感(ペエッス)であろう。堀にとって少年期のもつ本質は、哀感であったからである、

なお、題名の「燃ゆる頬」は、レエモン・ラディゲの死後に刊行された詩集『燃ゆる頬』からとられていることを言い添えておこう。

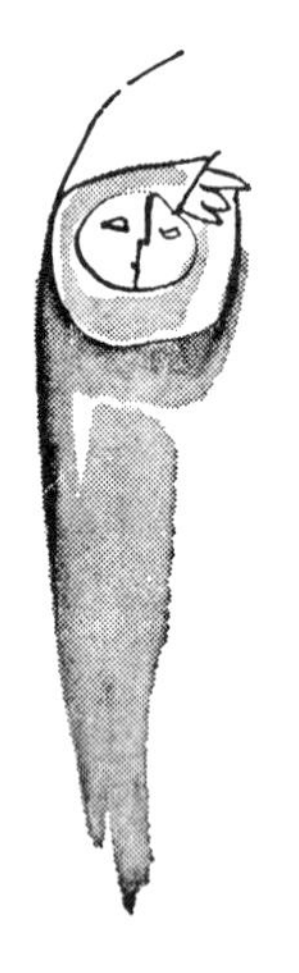

# 「美しい村」

## 田園交響曲

昭和八年の六月から九月までかかって、軽井沢で書き上げた「美しい村」は、読みようによってはひどく退屈な作品である。そこには、あらすじといったものがないからである。ちょうどサルトルの「嘔吐」が、限りなく退屈な独語に終止しているように、「美しい村」は、退屈なまでの明澄さでつらぬかれている。

日常的な生活はどこにも見当らず、その意味では、日常生活的な現実とそこからの共感や刺激を求める読者を退屈させずにはおかない。

何かの事件、あるいはミステリーなしには小説を読めない人には、「美しい村」は単なる他人の面白くもないうちわ話であって、恋人でもない人間の打明け話がおよそ迷惑で退屈なように、読者を退屈させてしまう。おそらく、堀辰雄の作品をきらう人が、一番読みたがらない作品は、この「美しい村」であろう。逆説的に言うなら、それだけにこの「美しい村」は、もっとも堀辰雄的な作品だと言うことができる。

河上徹太郎が、「美しい村」が発表された昭和九年当時、この作品を「聖家族」の上位におき、「今後どんな作品が現われようとも、昭和九年度の大傑作の一つ」であると推奨した所以もそこにある。

「美しい村」は軽井沢の観光案内書ではない。

これを読んで軽井沢に行ってみたくなるのは読者の勝手だが、訪れた人はおそらく失望するであろう。「美しい村」の舞台もまた、堀の他の作品がそうであるように心理の世界、内的現実の中に置かれているからである。「美しい村」の中で奏でられる田園交響楽は、堀辰雄の心象風景の交響楽なのである。ベートーヴェンは盲目になって「田園交響曲」を作曲した。「田舎ではあらゆる樹木は私に『聖なり、聖なり』と言った。」とベートーヴェンは語っている。目は見えなくとも、自然の美しさは見え、愛することが出来る。心で見た軽井沢の風景と、意識内の心象風景とが交錯しつつ、「美しい村」は人々の耳に田園の交響曲を聴かせる。

堀辰雄はこの作品を「序曲」「美しい村　或は小遁走曲」「夏」「暗い道」のそれぞれ四章に分けた。「美しい村」は音楽なのである。「美しい村」の中では、言葉は音符であり文章はメロディーである。やや退屈な作品ではあるが、時には退屈なクラシックを我慢して聴くのも良い勉強である。

### 序曲

「美しい村」の第一章「序曲」は、手紙の形式で書かれている。これは最初、昭和八年六月に『大阪朝日』に、「山からの手紙」と題して発表された。

御無沙汰をいたしました。今月の初めから僕は当地に滞在して居ります。前からよく僕は、こんな初夏に、一度、この高原の村に来て見たいものだと言つてゐましたが、やつと今度、その宿望がかなつた訳です。まだ誰も来てゐないので、淋しいことはそりあ淋しいけれど、毎日、気持のよい朝夕を送つてゐます。

おそらくは、「聖家族」のモデルたち、松村みね子母娘あてに書かれたと推定される「山からの手紙」が、後に一編の「美しい村」としてまとめられた時に、「序曲」と題された理由は何なのであろうか。

初夏には、やがて訪れる夏への確信が、少しずつ人々の心の中に育って行き、野や山や人々の心の中に行き渡る。かすかに頬をなでて吹く微風は、春よりはさらにやさしく、さらに歓ばしい。たしかに、初夏、六月は夏の序曲の季節である。

どんな人気のない山径を歩いてゐても、一草一木ことごとく生き生きとして、もうすつかり夏の用意ができ、その季節の来るのを待つてゐるばかりだと言つた感じがみなぎつてゐます。

来るべき何事もまだ起こってはいない。書かれるべき小説の一行もまだ書かれてはいない。しかし、それらはすべて起こり、すべて成就されるであろう。詩人のそういう正確な予感と、確信とが、「美しい村」の第一章「序曲」にはみなぎっている。

「断えず最高の存在へと志して、力強い決心を働かせている」(「ファウスト第二部」)詩人の実存への決意を主旋律とした「美しい村」は、「聖家族」でかち得た「生への確信」というテーマをさらに深めたものであり、さらに名作「風立ちぬ」の序曲そのものとさえ言える作品である。

## 佳麗なフーガ

……この数年間といふもの、この高原、この私の少年時の幸福な思ひ出と言へばその殆ど全部が此処に結びつけられてゐるやうな高原から、私を引き離してゐた私の孤独な病院生活、その間に起つたさまざまな出来事、忘れがたい人々との心にもない別離、その間の私の完全な無為。……そして、その長い間放擲してゐた仕事を再び取り上げるために、一人きりにはなりたいし、さうかと言つてあんまり知らない田舎へなぞ行つたら淋しくてしやうがあるまいからと言つた、例の私の不決断な性分から、この土地ならそのすべてのものが私にさまざまな思ひ出を語つてくれるだらうし、そして今時分ならまだ誰にも知つた人には会はないのだらうしと思つて、こんな季節はづれの六月を選んで、この高原へわざわざ私はやつて来たのであつた。

読みなれない人間には、どうにも癇癪のおきて来そうなまわりくどい文章だが、これが堀辰雄の文体である。名文にはちがいない。「それは」「そうして」「この」「その」「こんな」「それが」などの、前文からの指示と接続を示す言葉の多用は、長い文章の有機性を保つためであり、同時に、対象の本質を正確に執拗にとらえようとする二つの働きをしている。接続をあらわす言葉で続けられる文章のはかない、もろいような美しさと、対象の本質に迫ろうとする精神の強靱さとの両面が、堀辰雄の文体の魅力であろう。

第二章「美しい村　或は小遁走曲」は、昭和八年十月号の『改造』に発表された。

この章は、第一章「序曲」と時期的には重なっている。

「聖家族」に書いた愛の終わり、すなわち「この土地ではじめて知り合いになった或る女友達と最近の悲しい別離」と、完全に治りきらない健康をもって、堀辰雄は昭和八年六月に軽井沢を訪れた。その軽井沢での田舎暮し、それらの日々の単調な移り変わりや散歩などをそのまま書いたのが「美しい村」である。しかしそれだけでは文学は成立しない。その田舎暮し、堀辰雄に言わせれば、「美しい村での恍惚とした生活」の内には、過去の「悲しい感情の波紋」に苦しめられている「暗い半身」から「明るい半身」へ転生して行こうとする強い決意が秘められている。宿痾を克服し、死をも生と考える強い実存の意識が堀文学の骨子であることを指摘しておきたい。

一般に言われているような、「結核がすてきな病気と思っている人が好きになりそうな作品」だとか、「美しすぎて悲しい」などというあいまいな批評は堀文学には許されない。堀辰雄の文学は強靱な文学である。結核がすてきな病気のように思われ出したのは堀辰雄の「風立ちぬ」以後（もっともそれ以前に、徳富蘆花の「不如帰」があるが）のことであって、「風立ちぬ」を読んで、結核がすてきな病気だと思われるようになるとは、堀辰雄も御存知なかったろう。読者の身勝手な想像を、作者のせいにするのは良くない風潮である。

或る午後、雨のちよつとした晴れ間を見て、もうぽつぽつ外人たちの這入りだした別荘の並んでゐる水車の道のほとりを私が散歩をしてゐたら、チエツコスロヴアキア公使館の別荘の中から誰かがピアノを稽古してゐるらしい音が聞えて来た。私はその隣りのまだ空いてゐる別荘の庭へ這入りこんで、しばらくそれに耳を傾けてゐた。バッハのト短調の遁走曲（フーガ）らしかつた。

外人の別荘だとか、チェッコスロヴァキア公使館、ピアノなど、堀辰雄得意の小道具がちらついてへきえきさせられるが、まあ他人の趣味のことであげ足をとるのは止めよう。洋式小道具がちらほらするのは、堀の文学史の上でも、この「美しい村」あたりまでのことでもあるし……。大事なのは大道具である。

「美しい村」の大道具に、堀辰雄は音楽のフーガ形式を使った。

小説のテーマであるごく簡単なイデー（思惟）、それもほとんどアトモスフェアといってもいいような簡単なイデーが、どういう具合に生まれ、成長し、さまざまな形となり、どこへ発展していくのかを、「美しい村」ではかたはしから表現している。そういうテーマが、現われては消えて行くこの作品の展開は、フーガ形式をそっくりそのまま踏襲している。

あの主題（テーマ）と応答とが、代る代る現われては消えていく、フーガの執拗な奏法の効果……。

主題（テーマ）と表現のしかたとは、別個に切り離せるものではなく、主題（テーマ）と表現とがばらばらになっていてはその作品は失敗する。何と言っても、主題と表現の緊密な美しさが、文学の美しさなのであるから。

堀辰雄は、「美しい村」ではテーマよりも表現のしかた、主題を展開させて行く形式、表現方法に野心を持っていた。それはテーマなどどうでも良いと考えたからではなく、「美しい村」を音楽のようなものにしたいという別の意図を持っていたからである。

音楽はいったい、音楽家の思想を、明確に人々に訴えているであろうか。音楽は、モチーフになった対象や感情を明示することの出来ない唯一の表現方法である。言いかえれば、音楽は表現そのものである。堀辰雄が敢て試みた「音楽のような作品」は、表現そのものが主題であり、主題がすなわち表現となるような小説作法上もっとも困難な方法であった。この方法は「美しい村」では成功している。成功した鍵は、堀辰雄が音楽をよく知っていたということのほかに、マルセル・プルーストの作品を読み、自分のものに同化していた点が指摘される。

## 無意的記憶

堀辰雄がプルーストの「失われた時」を読んだのは、すでに述べたように、「聖家族」を書き上げた直後である。堀はプルーストの作品を読んだばかりではなく、プルーストに関する評論や研究書を読んで、幾つかのメモを書いている。「プルースト雑記」「狐の手袋」「プルースト覚書」「フローラとフォーナ」(いずれも昭和七、八年当時)などがその主要なものである。

堀辰雄がプルーストの中でもっとも注目したのは、人間の生の根元となっているものが、有意的記憶(理智と目の記憶)ではなく、無意的記憶であるというプルーストの理論である。

それでは無意的記憶とは何であろうか。「失われた時を求めて」の中から一文を引いて説明してみよう。

シャンゼリゼで少女たちと遊び疲れて、自分の家への帰り途、四目垣のある亭(ちん)の黴(かび)くさいような臭いを嗅(か)ぐと、突然、いままで潜伏していた幻(イマージュ)が浮び上るのだ。その幻はそれとそつくり同じようにじめじめした臭いのしていた、コンブレエのアドルフ叔父さんの小さな部屋のそれなのだ。しかし何故こんなつまらない幻の喚起がこんなにも異様な悦びを彼に与えるのか分らないでいる。

四目垣のある亭のかびくさい臭いを嗅いだことをきっかけとして、突然、いままで思い出しもしなかった時も所も隔たった田舎の叔父さんの小さい部屋がはっきりと心の中に浮び上ってくる。これが、無意的記憶なのである。日常、私たちが良く経験することである。なんだ、無意的記憶などと難しい言葉を使って、結局はそんなことなのかと馬鹿にせずに次を読んでいただきたい。ついでに言えば、どんな平凡なつまらないことがらでも、初めてするとか、初めて気づくとかいうことは大変なことなのである。ゲーテだか誰であったか、「始めて自分の恋人を薔薇にたとえた人間は素晴らしい」と言っているように、初めて人間のこういう無意識の記憶について記述したことは、そう簡単なことではないのである。プルーストの偉大さはそこにある。それを手本にして「美しい村」一編を成功させた堀辰雄の眼力もたいしたものである。

「美しい村」の中では、この無意的記憶という手法があちこちで使われている。

「美しい村」を音楽のような作品にするためには、モチーフになった対象や感情を明示しないで、印象として描くことが必要であった。そのためには、この無意的記憶、無意識の記憶という方法を使うことはもっとも効果的な方法である。記憶とは、極端に言えば当時受けた印象の遺物であるからだ。

「美しい村」はこのように強いプルースト影響下に生まれた作品である。しかしそれが単に、プルーストの亜流に終わらなかったのは、プルーストの場合とちがって、そこに「或る女友達との最近の悲しい別離」による愛の苦悩から、新しい愛の発見、愛の発見による生への確信という実存の意識を盛りこんだ点にある。「新しい愛の発見」とは、後の「風立ちぬ」のモデルとなった矢野綾子との出会いである。

## 愛の蘇生

この「美しい村」を書いていた昭和八年の夏、軽井沢高原で堀辰雄は一人の少女とめぐりあった。この少女との出会いは「美しい村」第四章『夏』に書かれている。

突然、私の窓の面してゐる中庭の、とつくにもう花を失つてゐる躑躅（つつじ）の茂みの向ふの、別館の窓ぎはに、一輪の向日葵（ひまわり）が咲きでもしたかのやうに、何だか思ひがけないやうなものが、まぶしいほど、日にきらきらとかがやき出したやうに思へた。私はやつと其処に、黄いろい麦藁帽子をかぶつた、背の高い、瘦せぎすな、一人の少女が立つてゐるのだといふことを認めることが出来た。

この少女矢野綾子との愛は徐々に成熟して、翌年九月には婚約した。彼は、矢野綾子との愛によって、過去の「悲しい感情の波紋」を忘れ去るとともに、心身の蘇生を得たのである。

しかしこの幸福は長くは続かなかった。矢野綾子は胸を患って、婚約の翌年、昭和十年富士見のサナトリウムに入院した。「美しい村」を書いた翌年頃から、発熱して床に着くことの多かった堀は、自分の養生をも兼ねて、婚約者に付き添って富士見のサナトリウムにはいったが、彼女はその年の十二月に堀辰雄に看とられて死去した。

そうして名作「風立ちぬ」は生まれた。

# 「風立ちぬ」

帰っていらっしゃるな。もしお前に我慢ができたら、死者と倶(とも)に
死んでいらっしゃい。死者にはたんと仕事がある。
が、私に助力して下さい、それがお前の気を散らさない範囲で、
遠方のものが屢々私に助力してくれるやうに、私の裡(うら)で。
（リルケ「鎮魂曲」）

**鎮魂曲(レクイエム)**

名作「風立ちぬ」は、わずか二年ほどの短かい愛の日々の後に、昭和十年十二月に富士見のサナトリウムで死去した婚約者矢野綾子にささげられた一編の「鎮魂曲(レクイエム)」である。

愛する者を喪った悲しみの体験を通して、死から生への確信へと向かう過程を描いた「風立ちぬ」は、「美しい村」から三年の不毛の期間の後にようやく完成された。

「風立ちぬ」は、「序曲」（『改造』昭和十一年十二月）、「春」（『新女苑』昭和十二年三月）、「風立ちぬ」（『改造』昭和十一年十二月）、「冬」（『文芸春秋』昭和十二年一月）、「死のかげの谷」（『新潮』昭和十三年三月）の

五章よりなっている。制作年代は各章ごとにばらばらで最初に書かれたのは「序曲」「風立ちぬ」の二章である。それが昭和十一年のことであるから「美しい村」を書いた昭和八年から三年経っている。この三年の間、堀は「物語の女」とエッセイと詩の翻訳を残したのみで、他に作品らしい作品は書いていない。「物語の女」は、「老境にはいろうとする前の、一婦人の、もの静かな、品よくくすんだ感じの、ロマネスクな気もち」を描いた作品で、後の「菜穂子」の前編にあたる作品である。この作品については、「菜穂子」の中で触れることにする。

昭和九年にこの「物語の女」を書いてから、堀はその続編を書こうとして苦しんでいた。婚約者矢野綾子に付き添って富士見のサナトリウムにはいっていた時も、その翌年も、堀は「物語の女」の続編の構想を考えつづけていた。しかしそれはどうしても成功しなかった。

一九三六年（昭和十一年）の夏、信濃追分に仕事をしにいつた私がそこでまづ考へたものは、やはり「物語の女」の続編を書くことであった。が、このときも構想なかばにして止んだ。さうして秋になってから、急に思ひ立つて「風立ちぬ」を書いた。それから引きつづき「冬」を書いた。

さらに最後の章として、一編の鎮魂曲のような作品を書くことを考え、そのまま信濃追分で冬を越したがついに書けなかった。この最後の章、一編の鎮魂曲ともいえる「死のかげの谷」がようやく成ったのは、昭和十三年になってからである。「風立ちぬ」は、三年間の歳月を費して書かれたのである。

## 高原の夏

それらの夏の日々、一面に薄（すすき）の生ひ茂つた草原の中で、お前が立つたまま熱心に絵を描いてゐると、私はいつもその傍らの一本の白樺の木蔭に身を横たへてゐたものだつた。さうして夕方になつて、お前が仕事をすませて私のそばに来ると、それからしばらく私達は肩に手をかけ合つたまま、遙か彼方の、縁だけ茜色（あかね）を帯びた入道雲のむくむくした塊りに覆（おお）はれてゐる地平線の方を眺めやつてゐたものだつた。やうやく暮れようとしかけてゐるその地平線から、反対に何物かが生れて来つつあるかのやうに……

そんなある夏の日の午後、不意にどこからともなく風が立った。

風立ちぬ、いざ生きめやも

ふと口をついて出たポール・ヴァレリーの有名な詩句を、口の中で何度も繰り返していた。

ある朝、私と節子とは森の中をさまよっていた。その時、突然こんな考えが私の中にひらめいた。節子、お前は、お前のすべてを絶えず支配しているものに、素直に身をまかせ切っているのではないだろうか。

節子！さういふお前であるのなら、私はお前がもつともつと好きになるだらう。私がもつとしつかりと生活の見透しがつくやうになつたら、どうしたつてお前を貰（もら）ひに行くから、それまではお父さんの許（もと）に今のままのお前でゐるがいい……

父親に連れられて、節子が高原を発っていった後、毎日毎日、自分をしめつけていた悲しみにも似たあれらの日々の幸福を、節子が死んだ今もはっきりとよみがえらせることができる。

以上が「序曲」のあらすじである。「それらの夏の日々、一面に薄の生ひ茂った草原の中で、お前が立ったまま熱心に絵を描いてゐると……」という書き出しで始まるこの章は、「美しい村」の終わりの方の日々と重なっている。「私」は堀辰雄自身であり、節子は矢野綾子をモデルとしている。

しかし堀辰雄の作品の多くが、モデルについて語ることをあまり要求されないように、この「風立ちぬ」においてもそれはさして重要な問題ではない。堀はあくまでも、ロマン——虚構(きょこう)の文学を書こうとしたのであって、私小説からはほど遠い文学であるからだ。

散文で書かれたもっとも純粋な詩、とたたえられる「風立ちぬ」は、「美しい村」が田園の交響楽であったのに対し、一編の悲歌(エレジー)である。

悲歌(エレジー)の序曲は、夏の終わりそれも秋に近いような日に、ふいに何処からともなく吹いて来た、すべての凋落(ちょうらく)の季節の訪れを告げる風の音に始まる。

風立ちぬ、いざ生きめやも

堀辰雄の世界では暮れようとしている地平線から、反対に何物かが生まれて来るような世界であり、人々がもう行き止りだと信じているところから始まる世界なのである。花が枯れ、木の葉が落ち尽し、いやおうもない沈黙を強いられる秋の季節、凋落の時にこそ生きようとする反語的な決意は生まれる。

### 生と死

節子の顔は、時には燃えるような薔薇色をしており、時には脣（くちびる）まで蒼ざめていた。彼女は胸を患っていたのだ。二人は婚約した。

翌年の春になって病状のはかばかしくない節子は、転地療養することを考えていた。

……いや、お前が来なくともいいと言ったつて、そりあ僕は一緒に行くとも。（略）……僕はこうしてお前と一緒にならない前から、何處かの淋しい山の中へ、お前みたいな可哀らしい娘と二人きりの生活をしに行くことを夢みてゐたことがあつたのだ。

八月になって二人は八ガ岳山麓のサナトリウムに行く準備をし出した。

第二章「春」は、婚約した二人の短かい愛の日々、しかし人生そのものよりも、もっと生き生きとした愉しい日々を描いている。いつまで生きられるのかわからぬ婚約者との愛の日々は、それが短いものであればあるほど精一杯生きねばならないものとなってくるのだ――風立ちぬ、いざ生きめやも――。生きられるだけ生きよう、と二人は無言のうちにちかいあう。

二人にとって死は遠く生の涯に在るものではなく、生そのものの中に在って常に生をおびやかしている。病者にとって、いや健康な人間にとってすら、死は生の真只中にあるものであり、死は決して単に生の終止符だけではないはずだ。「汝らは生きているあいだ中瀕死人だ。しかも死は瀕死人にたいしてよりもひどくぶつかる」とモンテーニュは言っている。死人は死を知らない。死を知っているのは、ただ生きている者だけである。「われいまだ生を知らず、いずくんぞ死を知らん」という孔子の言葉は、死を知ることが生を知ることなのだという明快な反語であろう。世間的、日常的な生を生きることは本当の生の在り方ではない。人は間もなく死ななければならない、それだけが人間にとって知ることの出来る死の意味である。だからこそ人は、覚悟と決意と純粋な良心とをもって、生の中に死を引き入れ、内在化しなければならない。病者は幸福である。生と馴れあいになった生き方が許されなくなるからだ。その時にこそ、生そのものよりももっと生き生きした愉しい日々が生まれて来るからだ。「風立ちぬ」の主人公と節子はサナトリウムの中で、精神的自覚的に、余りにも短い生を生きようと試みる。

### 風立ちぬ

第三章「風立ちぬ」は、主人公と節子が翌年の四月になって、八ガ岳山麓のサナトリウムへと向から汽車の中から始まり、サナトリウムでの二人っきりの生活が描かれている。かうして私達のすこし風変りな愛の生活が始まつた。節子は入院以来、安静を命じられて、ずつと寝ついたきりだつた。

季節は過ぎていった。サナトリウムのまわりの林の新緑は、病室の中までさわやかに色づかせていた。しかしサナトリウムでの単調な生活、今日は昨日に似ており明日もまた今日に似ているような日々を繰り返しているうちに、二人はいつかまったく時間というものから抜け出してしまっていた。

そのような単調な日々にあって、出来ごとと言えば、彼女がときおり熱を出すことくらいだった。その熱は彼女の体をじりじり衰えさせて行った。けれど二人は、あたかも禁断の木の実をこっそりたのしみでもするように、いくぶん死の味のする生活を味わうことによって、二人の幸福を変わりなく完全に保っていた。

「何をそんなに考へてゐるの?」私の背後から節子がたうとう口を切つた。

「私達がずつと後になつてね、今の私達の生活を思ひ出すやうなことがあつたら、それがどんなに美しいだらうと思つてゐたんだ。」

「本当にさうかも知れないわね。」彼女はさう私に同意するのがさも愉しいかのやうに応じた。

自然がほんとうに美しいと思えるのは、あるいは死んで行こうとする者の眼にだけかもしれない。堀辰雄の作品の風景の描写がかぎりなく静謐(せいひつ)な美しさで満たされているのは、堀文学が死を一つのテーマにしているからでもあろう。「風立ちぬ」の中でも、主人公と婚約者節子の二人がサナトリウムの病室の窓から見ている風景は、異様な美しさで読む者の心に迫る。

真夏になった。サナトリウムの患者は増えた。やがて九月になると霧のような雨が数日降り続いた。十月のよく晴れた日、旅行中の節子の父から、サナトリウムへ立寄るという手紙が来た。父は二日滞在して帰っていった。父が帰ってから一週間ほど、病人は絶対安静の状態が続いた。ある晩、彼女の枕辺で、私は独り言のように言い続けた。……おれはお前のことを小説に書かうと思ふのだよ。それより他のことは今のおれに考へられさうもないのだ。おれ達がかうしてお互に与へ合つてゐるこの幸福、――皆がもう行き止まりだと思つてゐるところから始まつてゐるやうなこの生の愉さ、――さう言つた誰も知らないやうな、おれ達だけのものを、おれはもつと確実なものに、もうすこし形をなしたものに置き換へたいのだ。分るだらう?……

「風立ちぬ」で作者が対決しているのは、死にさらされて初めて透きとおって見える生の意味であり、死の陰惨(いんさん)に味つけられた愛の幸福である。しかも、それはサナトリウムという隔絶された特殊な環境における日常性から遠く隔たった、純粋な内的な体験の世界である。

サナトリウムという隔絶された場所に閉じこもることは、堀にとって消極的な生からの逃避ではない。

しかし人生といふものは、お前がいつもさうしてゐるやうに、何もかもそれに任せ切つて置いた方がいいのだ。……さうすればきつと、私達がそれを希はうなどと思ひも及ばなかつたやうなものまで、私達に与へられるかも知れないのだ……

この文章から、消極的な人生の逃避者、運命論者の姿を想像するのは見当ちがいであろう。人間の世界はいかに美しく装ってみても、死と神に最初から最後まで凌駕(りょうが)された世界でありそういう神の力にたいしては服従が反抗よりもかえって強い、とリルケは言っている。「服従はこの上なく切ない讃美」であるというリルケの思想に立つとき、堀辰雄の「何もかもそれにまかせきる」といった言葉の真意もおのずと理解されるであろう。人間にとって決定的な運命である死に向かっては、反抗するよりはそれに服従する方がかえって強い。死という運命に素直に従うことの方が、のしかかって来る死を暴力的な力だと考える単純な運命論から人間を解放する。死は生の究極的な開花であり、もし生が讃えられるなら、そのもっとも美しい開花である死は、一そう切ない讃歌を捧げられなければならない。「風立ちぬ」が名作と言われる理由は、生の究極の開花として死を憶い、生を讃えると同じ意識、思想の上に立って死を讃えているところにある。

風が吹く！　……生きねばならぬ！
広大な大気は私の本を開いては閉ぢ、
波は飛沫となって岩に砕ける！
飛べ、めくるめく本の頁！
破れ、波よ！　打ち破れ、歓喜の水で、
白帆すなどるこの静かな屋根を！

（ポール・ヴァレリー「海辺の墓地」）

「風立ちぬ、いざ生きめやも」という詩句は、絶望的な極地から、人はいったいどこに行けばよいのかという、積極的な問いであり、答えである。私たちが自らこれを問い自らこれに答える時、一種の戦慄を感じずにはいられない。それは一陣のかすかな風が立つのになんと似ていることか。



昭和十一年、陸軍の一部青年将校らが、急激な国粋的変革を目ざして当時の顕官・大臣を襲撃し叛乱を起こしたあの有名な二・二六事件、日独伊防共協定が調印され、日華事変が勃発し国民精神総動員運動が始められたいくらか「死」の味のする当時、「風立ちぬ」の読まれ方には複雑なものがあったにちがいない。戦争末期の予備学生の九分九厘までが堀辰雄の愛読者だったということは、また特攻隊の青年が一冊の「風立ちぬ」をたずさえて機上に消えて行ったということは、堀辰雄を当時の青年らの素直な感受性がどんな風に受けとめていたかを示している。「風立ちぬ」が堀文学の、そして近代文学史上の一大傑作だという定評を得たのはこの頃のことであった。

## 冬

「風立ちぬ」の第四章「冬」は日記の形式で書かれている。

私はけふもまた山や森で午後を過した。

一つの主題が、終日、私の考へを離れない。真の婚約の主題――二人の人間がその余りにも短い一生の間をどれだけお互に幸福にさせ合へるか？ 抗(あらが)ひがたい運命の前にしづかに頭を頂低(うなだ)れたまま、互に心と心と、身と身とを温め合ひながら、竝(なら)んで立つてゐる若い男女の姿、――そんな一組としての寂しさうな、それでゐて何処か愉しくないこともない私達の姿が、はつきりと私の目の前に見えて来る。

「二人のものが互にどれだけ幸福にさせ合へるか」というテーマは、「聖家族」の「二人の者がどれだけおたがいに苦しめ合えるか試してみましょう。」という言葉に対応している。

「聖家族」の中で、「二人の者がどれだけ苦しめ合えるか」試めした時、一人は自殺し、生き残った一人には限りない悲しみと罪の意識だけが残った。しかし死を前にして「たがいのものがどれだけ幸福にさせ合えるか」試みた「風立ちぬ」では、永遠の生と愛とをかち得ることが出来た。

死を経てなお存在し、死を超えてなお輝く永遠の愛と生のいとなみが「風立ちぬ」の「冬」の章では急テンポで描かれてゆく。愛する者の死は迫っている。しかし幸福はさらに近い。過酷な北国の冬の自然の中で、陰惨な死の味のする愛の幸福は、かえって甘美に、少しもそこなわれず完成へと向かう。

愛とはいったい何であろうか。

愛の観念や思想の歴史をたどっていったら、古代ギリシアにまで、あるいはもっと原始の時代の壁画にまでさかのぼることが出来よう。愛は以来、さまざまに定義されて来た。ある時には歌われ、ある時には讃えられ、否定され、実践されて来た。

キリスト教文化の中では、神への愛と人間への二つの愛が交わり、また相克している。西欧文学に大きな影響を受けながら堀辰雄は、結局、神との愛には出会わなかった。この問題は堀辰雄だけの問題ではなく、西欧文学に影響を受けた多くの近代日本の文学者の切実な真剣な問題である。

愛には様々の種類がある。が、いかなる場合も、愛はつねに二つのものが一つになることを意味する。

さうだ、おれはどうしてそいつに気がつかなかつたのだらう？　あのとき自然なんぞをあんなに美しいと思つたのはおれぢやないのだ。それはおれ達だつたのだ。まあ言つてみれば、節子の魂がおれの眼を通して、そしてただおれの流儀で、夢みてゐただけなのだ。……

一般に、日本の文学には情事はあるが恋愛は無い、と言われている。しかし堀辰雄の名作「風立ちぬ」は、日本文学にかつてなかった恋愛の文学である。二人の短かかった愛の日を、この名作は金の鎖のように長くしている。

## 死のかげの谷

「風立ちぬ」の最後の章「死のかげの谷」は、昭和十二年冬に完成され、翌十三年三月『新潮』に発表された。この章を書くことによって、「風立ちぬ」は一年ごしにようやく完成されたわけである。

「死のかげの谷」の章は節子が死んだ後、K村に主人公が帰って来て彼女を追想する手記の形式で書かれている。前の章「冬」では、許嫁（いいなずけ）節子の死は描写されていない。

殆んど三年半ぶりで見るこの村は、もうすつかり雪に埋まつてゐた。

K村というのはもちろん軽井沢である。三年ほど前の夏に、主人公はこの村で恋人を得た。恋人を喪って訪れた村は雪に埋まっていた。主人公の借りた小屋は、K村を少し北へはいった小さな谷の中にあった。その谷は幸福の谷と呼ばれていた。その谷を登っていくうちに、主人公は幸福の谷とは正反対の名前が口をついて出そうになる。「死のかげの谷」と。そう呼んだ方が、こういうところでやもめの暮らしをしている自分には似合っている。

私は小屋にはひると、すこし濡れた体を乾かしに、再び火の傍に寄つて行つた。が、さうやつて又火にあたつてゐるうちに、いつしか体を乾かしてゐる事も忘れたやうにぼんやりとして、自分の裡に或る（あ）追憶を蘇らせ（よみがえ）てゐた。それは去年のいま頃、私達のゐた山のサナトリウムのまはりに、丁度（ちょうど）今夜のやうな雪の舞つてゐる夜ふけのことだつた。

節子をめぐって湧き起こってくるかずかずの追憶。まざまざとよみがえる短かった愛の日の想い出。愛する者の死を境にして、三年前の夏、自分がこの村で持っていたものはすべて失われ、今の自分には何も残ってはいないことを、はっきりと私は感じた。

死者への追憶に苦しみながらも、やがて愛する女性の「死」が、生き残った者に「生」の崇高さを啓示し、生きている者の生をたすけているのだと主人公は考えるようになる。かつて二人が生きていた時、サナトリウムの中で二人は死を共有していた。しかし、今度は、死者とともに生を共有するという価値の転倒がなされている。

帰つて入らつしやるな。さうしてもしお前に我慢ができたら、
死者達の間に死んでお出(いで)。死者にもたんと仕事はある。
けれども私に助力はしておくれ、お前の気を散らさない程度で、
屢々遠くのものが私に助力をしてくれるやうに——私の裡で。
（リルケ）

リルケのこの詩を「死のかげの谷」の中に書きとめた堀辰雄は、愛する者の死の意味に確信を得たのである。

たといわれ死のかげの谷を歩むとも禍害(わざわい)をおそれじ、なんじ我とともに在(いま)せばなり……
（旧約聖書「詩篇」）

こういう確信を得て雪明りのする谷陰を歩んでいた時に、遠くにぽつんとかすかに輝いている自分の小屋の灯を見る。象徴的な情景描写である。小屋に帰り、ヴェランダに立った時、初めて「死のかげの谷」と名づけた自分の住むこの谷間を、「幸福の谷」と呼んでも良いと思えるようになるところで、「死のかげの谷」は終わっている。

「死のかげの谷」は、それ自体独立した一編の死者に手向けるレクイエムである。ひいては「死のかげの谷」を書くことによって完成された「風立ちぬ」もまた、堀辰雄とともに「生」を試みようとしてその半ばにして倒れた許嫁にささげられた鎮魂歌(レクイエム)なのである。

弔鐘は誰のために鳴っているのか。死んだもののために、そして生きており、やがて死ぬ私たちのためにも鳴っているのだ。「風立ちぬ」も亡き許嫁へのレクイエムであるとともに、生き残った、生きねばならぬ堀辰雄自身のためのレクイエムでもあった。

# かげろふの日記

「風立ちぬ」の最後の章「死のかげの谷」を完成する二ヵ月ほど前に、堀辰雄は彼の王朝物の第一作「かげろふの日記」を書いた。「死のかげの谷」がどうしても書けないで山の中で冬を越し、そのまま春をむかえた時の空虚な気持から逃れるために、自然に堀の心はなつかしい日本の古典へと向かったのだった。堀が「蜻蛉日記」などの王朝文学に親しみはじめたころは、ちょうど文壇でも古典復帰の気運がおこり、谷崎潤一郎の「源氏物語」の現代語訳が出たり、歴史小説が書かれたりした時であり、あるいはこういう時代の雰囲気が多少とも堀に影響を与えたのかも知れない。

言うまでもなくこの作品は、平安時代の貴族の女性の日記「蜻蛉日記」を底本にしている。原作は、ろくに自分のところに通って来ない男へのいたいたしいほどのひたむきな求愛と、愛人を独占できない女の嫉妬と嘆きで大半埋めつくされており、読後の印象はどちらかと言えばあまり感じの良いものではない。この平安朝の女手の日記は、前後の記事のつじつまの合わぬところが随所にあり、文学的誇張以前の女らしい心理的誇張がこの作品を読みにくいものにしている。しかし「蜻蛉日記」が私たちの心を強く打つのは、不幸な女の、不幸を追求する執念、また、不幸を語って飽きない根気のよさである。これほどまでに「書かれる必然性」のある文学はそうざらにはない。

堀辰雄がそういう原作の悲劇的な女性をかりて描こうとしたのは、「恋する女たちの永遠の姿」であった。堀辰雄もまたリルケのように、ほんとうに恋をするのは女性であり、そういう真実の恋に生きる女性こそ永遠に祝福されるべきだと考えていたのである。「恋する女」は、リルケの「マルテの手記」の中で次のように書かれている。

彼女たちは幾世紀ものあいだ、ただ愛だけに生きてきたのだ。いつもひとりで愛の対話を、たつたひとりで二人分の愛の対話をつづけてきたのだ。いつも男は下手にそれを口まねするだけだつた。……男はむしろ彼女たちの真実な愛の邪魔ものにすぎなかつたと言わねばならない。それに彼女たちは夜も昼もじつと耐えて来たのだ。愛とかなしみをじつと深めて来たのだ。無限なこころのくるしみと重圧におしひしがれながら、いつのまにか彼女たちは根づよい「愛する女性」になつてしまつた。

リルケが見い出した「愛する女性の永遠の姿」が、堀の「かげろふの日記」の中の女性にたくされていることは明瞭である。原作とは別人のような恋する女の永遠の姿が「かげろふの日記」の中から浮かび上がってくる。

### 「かげろふの日記」のあらすじ

もう十年ほど前のことになるが、その当時柏木(かしわぎ)と呼ばれていた御方が私に御文を寄こされた。やがて私はあの方をお通わせするようになった。父が陸奥守(むつのかみ)に任ぜられて、東国に御下りになってしまわれたので、私はあの方だけを頼りにくらしていた。翌年道綱が生まれた。そのころまではあの方もなにかと親切にいろいろとつくして下さったのだが。

あの方はやがて坊の小路の女のもとへ通うようになってしまわれた。私の方へはだんだん途絶えがちになり、唯一人でさみしくあの方をお待ちする日がつづいた。

なげきつつひとりぬる夜の明くるまは
　いかにひさしきものとかは知る

そんな日がつづくうちにいつのまにか、空しい数年がたってしまった。私には病気がちの日が続いた。いつまでたってもいっこうに良くならないので遺書めいたものを書いてみたりした。そのうちにいつのまにか、あの方に対する私の気持が、それほど苦しい切ないものではなくなっているのに気がついた。あの方とのことで今の私に残っているのは、気持ちのよい、静かな感じのものばかりであった。

一子道綱も成人して、とどこおりなく元服を終えた。あの方は時折御文など寄こされたが、今は近江とかいう女のもとに通っているとか。私はもうすっかりあの方から身を引いてしまおうと考え、西山に在るこれまでもよく行ったことのある寺に籠ることにした。あの方は私がこんなに山に籠ってまでいるのに、ちっとも私のことはかえりみて下さらないのだろうか。もうどんなことがあってもけしてあの方のところへなど帰るものか、とますます思いつめて行く一方であった。

ある日、京へ上って来た私の父が山籠りをしている私の弱りようを御覧になって、帰るようにすすめられ下山された。それから数刻とたたないうちに、あの方がこの山寺に見え、強引に私を下山させてしまわれた。山を下りたばかりの私を、あの方はたいそういたわって下さったが、あいにくの物忌のために帰ってしまわれた。そんな風にして私からしばらく遠ざかっているあいだに、また以前のようにつれなくおなりになることぐらい、私にもよくわかっていたのだが、それをどうしようもなく、そのままにしておくよりほかはないのだった。もう私はあの方のためには苦しむまい。いくらあの方から離れようと思っても離れることはできないのだから。

伊勢守になられた父が任国へ下るまでの短いあいだ御一緒に暮らしたいと思い、あの方には何も知らせずに静かな家へ移った。それから二三日後、あの方が見えられた。その夜はいつになくしみじみとお心をこめてお語らいになられた。私はもうそんなことをうれしいとも思わずに、あの方のなされるがままになっていた。けれど朝になって帰られるあの方の後姿を、突然、胸のしめつけられるような思いで私は見いっていた。

# 「幼年時代」

私は自分の幼年時代の思ひ出の中から、これまで何度も何度もそれを思ひ出したおかげで、いつか自分の現在の気持と綯ひ交ぜになつてしまつてゐるやうなものばかりを主として、書いてゆくつもりだ。そして私はそれらの幼年時代のすべてを、単なるなつかしい思ひ出としては取り扱ふまい。まあ言つてみれば、私はそこに自分の人生の本質のやうなものを見出したい。

このような書き出しで始まる「幼年時代」は、昭和十三年九月号から翌十四年四月号まで、雑誌『むらさき』に発表されたもので、未完成のまま終わっている。

堀は自分の育った環境とか社会とか人間関係などを描くことをしなかった人であるが、この「幼年時代」はそれを語った数少ない作品の一つである。

## 無花果の木

この作品は、堀の幼年時代のエピソードを、それぞれ題名をつけて連作式に書いたもので、「無花果のある家」「父と子」「赤ままの花」「入道雲」「洪水」「芒の中」「幼稚園」「口髭」「小学生」「エピローグ」と題されている。

「無花果のある家」に書かれている家は、堀辰雄が五歳の時に、母とともにひきとられた向島須崎町にある上条松吉の家である。

この家にあった無花果の木は、堀にとって非常に思い出深いものであったらしく、あたかも彼の幼年時代の象徴のように、この作品の中に様々な姿で描写されている。

「私にとつて、おゝ無花果の木よ、お前は長いこと意味深かつた。お前は殆ど全くお前の花を隠してゐた……」とリルケの詩にも歌はれてゐる、この無花果の木こそ、現在では私もまた喜んで自分の幼年時代をそれへ寄せたいと思つてゐる木だ。恰も丁度私の幼年時代もまたその木と同じく、殆ど花らしいものを人目につかせずに、しかもかうやつていつか私に愉しい生の果実を育くんでゐてくれてゐるとでも云ふやうに……

（「赤ままの花」）

この「赤ままの花」の章では、彼の幼年時のたった二人きりの遊び相手だった女の子、お龍ちゃんとおたかちゃんにまつわるエピソードが語られている。

お龍ちゃんというのは「きつい目をした、横から見ると、まるで男の子のような顔をした。どうかすると、ときどき私をそのきつい目でじっと見て」いるような少女だった。堀辰雄とは対照的な女の子なのである。幼い頃には、どういうわけかどうしてもその子にさからえない、しかも何か機嫌をとらずにはいられないような友だちが一人、運の悪い子で二人ぐらいはめぐりあうものだが、幼い堀にとって、お龍ちゃんがそんな

女の子だったらしい。一方、おたかちゃんの方は「おとなしい性質とみえ、何をしても私のするがままにな
つて」いるような女の子だった。このお龍ちゃんとおたかちゃんという正反対の性質の二少女の使い分けに
は、かなりプルーストの影響が見られる、と河上徹太郎などは述べている。
このお龍ちゃんは、堀の幼年時の愛の対象であったらしく、昭和十七年に出された青磁社版では削られて
いるが、昭和十四年に出された新潮社版の「エピローグ」の中に、
後年私にとつて愛の対象となつたすべての女性たちに共通する、苦しんでゐるのが相手であるときだけ
生き生きとしてくる女心といふものを、まだ愛するといふことがどんな事かも知らないうちから、私の
心に染みこませてくれた一人の少女
と書かれている。
幼い頃の堀は、こんな風に、女の子とばかり遊んでいる、内気なはずかしがりやの男の子であったよう
だ。もう少し大きくなっても相変らず、そうであったらしく、
後年有名な作家になろうなどとは到底思えない、平凡だが悧口で、いつもニコニコと微笑んでいた少年
だつた。
と、宿題はおろか試験の答案まで書かせた悪童、浅草の菓子舗「龍昇亭」の主人西村龍昇は書いている。

客などがあつてにぎやかに食事をしてゐる間などに、私はもう眠くなりかけて、母の胸がそろそろ恋しくなり出してゐるところへ「お父ちゃんとお母ちゃんとどつちが好き?」などと皆の前で父に訊かれる位、子供心にも当惑することはなかつた。

## 幼き日々

と「父と子」に書かれている「父」は、堀の養父、上条松吉のことで、堀はこの父を昭和十三年末に喪った。堀は養父の死後、はじめて上条松吉が義理の父親であったことを知ったのであるから、昭和十三年八月に書かれたこの「幼年時代」はそういう家庭の事情を知らずに書かれたことは確かである。しかしその執筆中に、この事実を知ったということは、堀にとって大きなショックであった。「幼年時代」の筆を途中でおいた理由の一つはそこにあると堀自身述べている。

この松吉は無髭であったが、「口髭」の中で、堀が口髭を生やした人に何んとなく好意を感じていたことが書かれている。また、口髭をぴんと立てた胸像の描かれている仁丹の看板が何ということもなしに好きで、それを見るのが幼い堀のひそかなよろこびであった。堀はなぜそんなに「口髭」が好きだったのだろうか。その理由は、やはり青磁社版で削除された「エピローグ」の一節に語られている。

そして私の生みの父はなんでも裁判所の書記の監督かなんぞしてゐた人とかで、立派な口髭を生やしてゐたことだけを妙に私は覚えてゐたと見え、私はそのよく知らない実父の面影を、子供らしい連想で、恐らくそんな突拍子もない薬の広告絵のなかに見出してゐたのだった。

堀がなみはずれて内気で、はずかしがり屋であったことは前にも書いたが、それを語るエピソードに堀のたった一ヵ月間の幼稚園通いの話がある。

はじめて幼稚園に行く日、おばあさんに連れられて、幼稚園の門の前まで行きながら、中にはとうとうはいらずに帰って来たり、今度は三十分も前から行って、誰もいない園内で、みんなの来るのを待っていて、やっと園内にはいることが出来たと思ったのもつかの間、唱歌や遊戯を、どうしてもみんなと一緒にすることが出来なかった。お弁当の時間になると、側に坐っている大がらな異人さんのような感じのする女の子が、二人の小間使いに世話されながらお弁当を食べているのに反感を持って、どうしても自分の好物のたまごやきのはいっているお弁当を食べようとしなかった、幼い日の堀辰雄。

そこには、人一倍好奇心と羞恥心の強かったとともに、内側に非常にがんこなところを持っていた作家、堀辰雄の面影を見ることができよう。

## 一つの幼年時代

それまであまり自分の生い立ちとか、育った環境を書くことを好まなかった堀辰雄が、ではどうしてこの「幼年時代」を書くことを思い立ったのであろう。堀の幼年時代は、向島、つまり東京の下町を舞台として展開される。彼の後年の作品からは、下町のにおいはみじんも感じられないが、彼は純粋な下町っ子であった。

堀が、自分の文学から下町的要素、下町のかげりを除き去ったのは、師、芥川の悲劇的な自殺の原因が、その下町的気質や感受性に負うところが大きかったからだということを、悧口な堀は充分承知していたからであろう。ものを書く、ということは、やむにやまれぬ一種の衝動のようなものであるが、その衝動をかき立てたものは、いったい何だったのだろうか。

堀辰雄はカロッサの「幼年時代」を読んだ時、自分の幼年時代をみなおすことに「一種の愉快」を感じるようになった、と青磁社版「幼年時代」のあとがきの中で述べている。

カロッサは、「人生の最初の十年間において、われわれの愛したり何かしたのと同じものを、われわれは一生の間、いつも愛したり何かするものだ」というようなことを書いているが、堀は、そういう「幼年時代」というものの本質をとらえようとひたむきに努力したカロッサに刺激されて「幼年時代」を書いたのだと考えることができる。

もっとも、堀辰雄が「幼年時代」を書いた動機には他にさしせまった事情があった。堀は金に困っていたのである。純粋な気持や高い理想を持っているものでも飯を食わねば生きて行かれぬ世の中である以上、また、そういう純粋な気持や高い理想を持っているものであればあるほど生きなければならぬ人生である以上、金を得ることは必要である。とくに、この時、堀の父が脳溢血で倒れて早急に仕送りをする必要があった。

さて、ここで私たちが忘れてはならないのは、堀が特にカロッサの「幼年時代」が、「わたくしの幼年時代」ではなく、「一つの幼年時代」と不定冠詞で呼ばれていることに注目していたことである。堀は「幼年時代」を書くにあたって、単に自分の幼年時代を回想するというのではなしに、幼年時代というものの本質をとらえようとしたのである。

汽車の笛聞えもくれば
旅おもひ、幼き日をばおもふなり
いなよいなよ、幼き日をも旅をも思はず
旅とみえ、幼き日とみゆものをのみ……

（中原中也「羊の歌」より）

過ぎた日のことを正しく想い出すことはむずかしい。ましてや幼年時の、それはたしかに自分のものでありながら、もはや自分の手の届かないものになってしまったはるかな日々のことはなおさらである。記憶は不確かな方が正常である。作家的良心は不確かなものを記述することを許さない。むしろ、大人になった自分にとって幼年時がどういうものであったか、どういう意味を持っているのかを書くことの方が、記憶の羅列よりは正確である。「旅とみえ、幼き日とみゆものをのみ」書くことを堀辰雄もまた意図したのである。その意図は、堀辰雄に思いもかけぬ感動を残した。幼年時を追憶して、そこに一種言うに言われぬ感動を持つことが出来たことは堀にとって思いもかけぬことであったろう。かつてあれ程、自分の育った下町的なかげりを打ち消そうと努めて来た堀にとって。

此の小さな本には、私がこれまで自分の幼年時代に取材して書いた作品を集めてみた。勿論、自分の幼年時代については、まだまだ随分書き落したことがある。しかしそれをもはや再びかういふ形式では、——いはば、かういふ感動の仕方では表現することは自分には出来ないやうな気がする。それ故、いつかまた私が何かの折に、自分の幼時について書くやうなことがあらうとも、こんどの小さな本はこれはこれなりに、私の一生の著作のうちでそれ独自の位置を失ふことはないであらう。

（青磁社版「あとがき」）

「幼年時代」が堀辰雄の文学の中でどんな位置を占めているかということは、このあとがきで良くわかる。

堀の文学の肯定者たちは、「幼年時代」を堀文学の中で重要な位置においているが、大きな意味での日本近代文学史上でも大きな評価を受けたかというと、それは一がいにそうだとは言えない。

だいたい、堀辰雄自身、日本の近代文学の中では傍系的な存在と見られている人であり、当時の文壇からも離れて仕事をしていた人であったから、他の流行作家のように、その作品がひどく人々の話題にのぼるということはなかった。

この作品についても、賛否両論分れて誌上をにぎわしたということはないが、角川文庫の「幼年時代」解説の中で、福永武彦が、

しかし作者は、彼の持つ純粋記憶をあまりに大切に取り扱ひ、またその挿話の一つ一つを彼の比較的気楽に書き得る「小品」の文体で書いて行つたために、そこに集中的、凝縮的な効果をあげることが出来ず、やや平面的な情景をつなぎ合せるといふ方向に流れてしまつた。そこにカロッサの一貫した構成と違つて、小品の集りといつた感じの出て来る原因がある。

と書いているが、「幼年時代」への批判の一つとして耳を傾ける必要があるだろう。

なお、彼が自分の出生の秘密などについて書いたものに、「花を持てる女」という作品があるが、これは「幼年時代」の拾遺ともいうべき作品で、あわせて読んでおくことが望ましい。

←水車小屋の道

↓フォーレスト・レエン

辰雄の軽井沢散歩道

↑聖パウロ・カトリック教会

# 菜穂子

## あらすじ

「やつぱり菜穂子さんだ。」思はず都築明は立ち止りながら、ふり返つた。すれちがふまでは菜穂子さんのやうでもあり、さうでないやうにも思へたりして、彼は考へてゐたが、すれちがつたとき急にもうどうしても菜穂子さんだといふ気がした。明は暫く目まぐるしい往来の中に立ち止つた儘、もうかなり行き過ぎてしまつた白い毛の外套を着た一人の女とその連れの夫らしい姿を見送つてゐた。そのうちに突然、その女の方でも、今すれちがつたのは誰だか知つた人のやうだつたと漸つと気づいたかのやうに、彼の方をふり向いたやうだつた。夫も、それに釣られたやうに、こつちをちよいとふり向いた。その途端、通行人の一人が明に肩をぶつけ、空けたやうに佇んでゐた背の高い彼を思はずよろめかした。明がそれから漸つと立ち直つたときは、もうさつきの二人は人込みの中に姿を消してゐた。

何年ぶりかで見た菜穂子は、何か目に立つて憔悴してゐた。

去年の春、大学の建築科を卒業して、ある建築事務所に勤めている都築明と、商事会社に勤めている十歳も年上の平凡な会社員と結婚した菜穂子は、こうして何年ぶりかで偶然再会した。再会とも言えないような人混みの中でのすれちがいであった。明と菜穂子とは、昔信州の避暑地の別荘の隣同士であった。

友人らは、どうして菜穂子が平凡な幾つも年上の男と結婚をしたか不思議がったが、それがその当時彼女をおびやかしていた不安な生から逃れるためだったことを知るものはなかった。平凡な夫と、二十年も後家を立て通した夫の母との静かな生活。その生活も、菜穂子の結婚に大きなショックを受けていた菜穂子の母三村夫人の死によって菜穂子の心の中でくずれていった。そしてさらに、銀座での明とのつかの間の出会いは今まで彼女の意識の下にあった自分への偽わりを意識の上にのぼらせた。菜穂子の平凡な生活は、心の中でくずれていった。

都築明はある春の日、弱った身体と精神の休養のため、思い出深い信州の村へと旅立った。ある日、信州のO村を散歩の途中、雨に降られた彼は雨宿りのためにはいった氷室の中で、村の娘早苗と出会った。

明が娘の耳のすこし遠いことを知つたのは或風のある日だつた。漸つと芽ぐみ初めた林の中では、ときをり風がざわめき過ぎて木々の梢が揺れる度毎に、その先にある木の芽らしいものが銀色に光つた。そんな時、娘は何を聞きつけるのか、明がはつと目を瞠るほど、神々しいやうな顔つきをする事があつた。明はただ此の娘とかうやつて何の話らしい話もしないで逢つてさへゐればよかつた。其処には云ひたい事を云ひ尽くしてしまふよりか、それ以上の物語をし合つてゐるやうな気分があつた。そしてそれ以外の欲求は何んにも持たうとしない事くらゐ、美しい出会はあるまいと思つてゐた。

ある朝、床から起きようとした菜穂子は赤い痰をはいた。まもなく彼女は信州の八ガ岳の麓にある高原の療養所に入院するため中央線の汽車にのりこんだ。自分の意外な廻り合わせについて反省するため、一人になることを渇望していた彼女は、やっとその望みをかなえることが出来た。

療養所では孤独な、しかし安らかな日々が続いた。そんなある日、突然夫の圭介が療養所を訪れた。病室にはいって来た夫の姿を見て一瞬異様に輝いた菜穂子の目も、一晩とまって帰っていく夫の姿を見送ったときには、死んだ母や夫にいやがられたあの人を憐むような空ろな目つきにもどっていた。

十二月にはいり、曇った底冷えのするある日、菜穂子は看護婦に一人の面会人のあることを告げられた。都築明であった。

「自分が本気で求めているものは何か、おれはいま何にこんなに絶望しているのか、それを突き止めてくることは出来ないものか」という思いで旅に出た明であったが、今は病気のために憔悴し尽くして菜穂子の前で激しく咳きこむのであった。

なぜか、彼女はそんな姿で彼女を訪れてくれた明に、やさしい言葉をかけることをしなかった。しかし、菜穂子の前を通りすぎただけでそのまま消えさるかに見えた一人の旅人の不安そうな姿は、時の経つにつれて菜穂子の心に深い痕跡をとどめていった。一方明は、今度の旅で一層弱まった半病人のような身体を、信州のO村の牡丹屋に横たえた。それ以来、明は床につききりとなった。信州には雪の降る日が続いた。

菜穂子のいる八ガ岳のサナトリウムでも雪は烈しく降り続いた。

彼女は矢も楯もたまらない衝動にかられて雪の日に、病院を抜け出して駅へと向かい東京行きの列車にのった。

雪は東京にも烈しく降っていた。

菜穂子は銀座の菓子店で夫の圭介の来るのを待ち続けていた。ようやくやって来た夫は、不機嫌そうに彼女の前に腰をかけたきり、しばらく何も言おうとしなかった。菜穂子は、むこう見ずにサナトリウムを飛び出して来た自分の顔を見て、最初に夫がどんな顔をするか、それに自分の一生を賭けるようなつもりでさえいたのだった。しかし結果はみじめだった。すぐサナトリウムに帰るという菜穂子を、母親をはばかって家には入れずに、ホテルに連れていった。部屋をとると夫はそのまま雪の中を家へ帰って行った。

帰って行く夫の姿を見送りながら、菜穂子の心には一つの想念がひろがり出していた。

それは自分がけふのやうに何物かに魅せられたやうになつて夢中になつて何か手あたりばつたりの事をしつづけてゐるうちに、一つ所にぢつとしたきりでは到底考へ及ばないやうな幾つかの人生の断面が自分の前に突然現はれたり消えたりしながら、何か自分に新しい人生の道をそれとなく指し示してゐて呉

れるやうに思はれて来た事だつた。（略）
広間のなかは彼女の顔がほてり出す程、暖かだつたのだ。彼女はかう云ふ気持ちよさにも、自分が明日帰つて行かなければならない山の療養所の吸ひつくやうな寒さを思はずにはゐられなかつた。……

**「菜穂子」が完成されるまで**

堀文学を一貫して流れているのは、死と生と愛の三つのテーマである。

「聖家族」から「美しい村」「風立ちぬ」を経て「菜穂子」に至る展開は、方法のちがいこそあれ、それらの三つのテーマを堀がどのように問い、答えて来たかの鮮やかな軌跡を示している。

人生の大半を孤独な病床生活で過ごして来た堀の文学には、たしかに社会性、日常性が稀薄である。その稀薄で清浄な空気の中で、死と生と愛の三つのテーマを見事に結実させたのが「風立ちぬ」であるとすれば、「菜穂子」は世俗的日常的生活の中にそれらのテーマを設定した堀辰雄の唯一の作品である。それまで、人生からの避暑地でもある高原の反世俗的な世界を舞台に、すべての完成を試みて来た堀にとって、実社会との接点で三つのテーマを結実させようとしたことは、もっとも完成のあやぶまれる困難な作業であった。堀にとっては、自己の生涯と文学とを賭けた大胆な野心的試みであったわけだ。

「菜穂子」は、昭和十六年、戦争の暗い影が、しだいに日本に近づいて来た年の二月に完成された。翌三月、この作品は『中央公論』の「時局特大号」に、武者小路実篤の「独」、北原武夫の「献身」とともに掲載された。

昭和九年、堀は「菜穂子」の前編とも言うべき作品「物語の女」を書いている。この作品は、「老境に入ろうとする前の、一婦人の、もの静かな、品よくくすんだ感じの、ロマネスクな気もち」を書いた作品である。彼はこの作品が完成すると、その続編として、そういう婦人を母とした新しい世代の娘を描くことを試みた。その構想は堀の執拗な努力にもかかわらず長いあいだ成功しなかった。この堀の意図した続編が完成されたのは七年後、「菜穂子」においてである。

なお、「物語の女」はのちに改作されて「楡の家」第一部となった。第二部は昭和十六年九月の『文学界』に発表された「目覚め」である。従って、「菜穂子」は、「物語の女」「楡の家」の二作品とあわせて読むことが望ましい。

一九三五年（昭和十年）の冬の或る大雪の日だつた。いつもなら人の込み合ふ夕方近くだのに、そんな大雪のためにすつかり人けの絶えた銀座裏の或る珈琲店で、私は自分のほかには一人の頰が異様にこけ、何處となく知的な感じのする目つきをした若い女がゐるきりになつてしまつてゐるのに気がついた。その若い女はさつきから誰か人を待つてゐるらしかつた。しかしその相手がなかなか姿を現はさなくとも少しもいらいらした様子はせず、むしろさういふ大雪の日にさうやつてぼんやりと人を待つてゐるのが何か彼女の気に入つてゐるやうに見えた。

私はその年の夏から冬にかけて暮らしてゐた山の療養所で、何度も試みかけては失敗して遂に全く断念してゐた或小説の主人公が、そのとき不意と自分の前にゐるその若い女の姿をしながら鮮かに蘇って来た。

（「菜穂子」覚書）

雪の降る日、人けの絶えた銀座裏のコーヒー店にいた若い女の、どこか悲劇的な感じのするポーズを土台にして組み立てられたのが「菜穂子」である。この銀座裏のコーヒー店での印象的な情景は、作品の終わり、菜穂子が大雪の降る日サナトリウムを飛び出して銀座のジャーマン・ベーカリーで夫を待っている場面に、そのままそっくり生かされている。

堀の心にふと暗示をあたえたその銀座裏の女のイメージは、彼の意図した小説の女主人公の姿と重なりあって、しだいに堀の内部で成熟していった。果実が熟れるように。しかしその果実は幾度かの空しい執拗な努力にもかかわらず青いまま、長いあいだ堀の心の片すみに追いやられていた。

しかし、こんな風に忘れられたようになっていた菜穂子という若い女が、ふたたび堀の前に姿を現わし、それをどうしても完成させねばならぬと決意したのは、堀が作家としての自分に次のような不安を持ち始めた時である。

既にこれまでの詩的才能だけで書けるだけのものを殆ど書き尽してしまひ、猶もこれ以上自分が作家として伸びられるか否かの試練として、自分以外のものの真只中に自分自身を投げ入れてみることの必要を痛感するやうになつてきた一昨年あたりから、私は自分みづからを新しく生かすために、嘗つての自分にとつては大きな難題の一つであつた「菜穂子」を思ひ切つて再び手近かい対象として取り上げることに決心し出してゐた。

このようにして、足掛け七年という長い年月の後に、——我々はロマンを書かねばならぬ——という堀辰雄の悲願は「菜穂子」の中に結実したのである。

## 「菜穂子」の構成と文体

「菜穂子」は二十四の章に分けられている。主要人物は、菜穂子、明、圭介の三人である。しかし圭介に割かれているのはわずか第十章だけで、作品中に圭介の影は薄い。ほとんどの章は菜穂子と明の二人のために費されている。

堀辰雄は「菜穂子」の中で一つの構成法を試みている。それは、ある章では菜穂子の側から明や圭介を描き、ある章では明の側から菜穂子や早苗を描く、という方法である。

この作品が発表された当時、中野好夫はこの構成のしかたに注目して、それにしても氏が奏しつづけて来た旋律は、いはば倦むことを知らない清純な木管楽器の独奏のそれであつたといつてよい。それが「菜穂子」において、最初私の興味をひいたことは、氏が珍らしく遁走曲を思はせるやうな対位的形式を試みてゐることである。

と評している。

遁走曲(フーガ)とは元来、バッハ(セバスチャン)によって大成された楽曲形式の一つで、先出する一声部の主題を追い、他声部が対位主題を起こし、さらにこれを三声部、四声部などに展開して作曲してゆく対位法的楽曲形式である。堀辰雄はすでに「美しい村」において、このフーガ形式を小説作法にとり入れていた。しかし「美しい村」では、単に――主題と応答とがかわるがわる現われる――という旧フーガの一特色を単純に応用しているにすぎない。「菜穂子」で初めて主題そのものが対位する複雑なフーガ形式を完全にとり入れようと試みている。その意味で、中野好夫のこの指摘は正しいと思われる。

普通、小説とは対話の文学であると言われている。そしてその場合、自然よりもむしろ社会がその舞台となり、さまざまな人物が登場し、対話が生じ、葛藤が起こる。

だが、堀は「菜穂子」において、

最小限の社会と、最小限の人物の絡(からま)り合(あ)いとを持つ、最小限に小説的な(と言う意味は、勿論(もちろん)、私小説が最小限に小説的である、と言うのと異った方向にであるが)小説を書いた。(中村真一郎)

菜穂子と明は、小説の中で常に平行線上を歩いている。顔を合わせ、対話が生じるのは、ただ一度、菜穂子のいる山のサナトリウムへ明が立ち寄る場面だけである。

一方、明と圭介は永遠の平行線上を歩む。圭介は明の存在すら知らない。対話の起こり得ようはずがない。

菜穂子と圭介の対話は、心理的な意味で平行線を辿る。ただ一度、菜穂子が山のサナトリウムを飛び出して圭介に会いに来た時に、交わりそうに見えながら、結局それは平行線を描くままに終わる。

そういう意味で、この作品は堀の意図・野心にもかかわらず小説らしからぬ小説、難解な小説と言えるかもしれない。だが「菜穂子」は筋立を追う小説ではない。「菜穂子」は女主人公菜穂子の心理のロマンなのであり、意識の悲劇なのである。

今まで簡単に述べたような構成のもとに、菜穂子の生の意識の展開と、それと対照的な明の人生を描いた「菜穂子」の特色は、文体の上にも色濃く出ている。堀はやはりどこまでも詩人であり、詩的才能の上にたつ文体の作家であった。

……「お前がそんなにお前のまはりから人々を突き退けて大事さうにかかへ込んでゐるお前自身がそんなにお前には好いのか。これこそ自分自身だと信じ込んで、そんなにしてまで守つてゐたものが、他日気がついて見たら、いつの間にか空虚だつたと云ふやうな目になんぞ逢つたりするのではないか……」

彼女はさういふ時、そんな不本意な考へから自分を外らせるためには窓の外へ目を持つて行きさへすればいい事を知つてゐた。

其処では風が絶えず木々の葉をいい匂をさせたり、濃く淡く葉裏を返したりしながら、ざわめかせてゐるた。

「ああ、あの沢山の木々。……ああ、なんていい香りなんだらう……」

作中人物はすべて自分自身と対話している。作中人物の自分自身との対話は彼等の心理や意識のうち側に読者の意識を導いていくという文体で一貫しており、その文体は詠嘆的な感慨というかたちをとっている。

### 悲劇の女性

「何年ぶりかで見た菜穂子は、何か目立つて憔悴してゐた。」

菜穂子の悲劇は、彼女の結婚生活に始まっている。

彼女がなぜ圭介のような、母親に頭の上らない、気の弱い俗物と結婚したのかと、菜穂子の昔を知る友達はみな不思議がった。しかし作者はその結婚の動機をくわしく述べていない。ただ、菜穂子の母の三村夫人に、ある著名な作家が近づき出した時から、菜穂子の悲劇は始まったということ、菜穂子が結婚したのは――その当時彼女を劫(おび)やかしていた不安な生から逃れるためだった――ということが説明されているだけである。これでは菜穂子の結婚の動機はあまりに漠然としすぎている。しかし、堀はなぜそれについてくわしく描かなかったのか。おそらく、菜穂子の悲劇は結婚生活にはあるが、その悲劇は、結婚の動機にではなく、むしろ現在の結婚生活にあるという現実的条件に生まれた悲劇だからなのであろう。

菜穂子は世俗的な結婚生活において自己の生を磨滅させせなければならなかった。「菜穂子」の前に位置する「楡の家」という作品の中で、

私、この頃こんな気がするわ、男でも、女でも結婚しないでゐるうちはかへつて何かに束縛されてゐるやうな、……始終、脆(もろ)い、移り易いやうなもの、例へば幸福なんていふ幻影(イリユウジヨン)に囚(とら)はれてゐるやうな……そうではないのかしら?しかし結婚してしまへば、少くともそんな果敢(はか)ないものからは自由になれるやうな気がするわ……

結婚は「果敢(はか)ないもの」からはあるいは自由になれるかもしれない。しかしさらに強靱な桎梏(しっこく)が待っている。菜穂子はしかし、不安な生から逃れること、言いかえれば果敢ない幸福の幻影から自由になるために、世俗的な結婚を選んだ。そしてそこにある強靱な桎梏の中に、生を試み、追求することを選んだ。しかし菜穂子はその抵抗によって自己の生を磨滅させなければならなかったのである。それも実に孤独ないとなみの中で。

このような菜穂子の孤独な生のいとなみを、その結婚生活の中で追求することが、おそらく作者の最初の意図であったと考えられる。しかし堀は、それを放棄している。菜穂子は、物語が始まってすぐ喀血し、八ガ岳の療養所(サナトリウム)へはいり、菜穂子の生の追求、試みの舞台は、例のサナトリウムの中に移される。

菜穂子は山のサナトリウムでも孤独であった。だが、その孤独は、――あゝ、このやうな孤独のただ中での彼女の不思議な蘇生――と呼ばれるような種類の孤独である。彼女がいい知れぬ孤独に苦しめられていた

八ガ岳

のは、むしろ一家団欒のさなか、義母や夫たちの傍であった。山のサナトリウムでの孤独は、むしろ彼女に生の愉しさを教えた。しかしその生の愉悦が、かりそめのものであることを、彼女は良く知っている。それもまた果敢ないものであることを。彼女はもう一度、現在の境遇、自分が選びとった結婚生活の中で真実の生の愉びを得ようと、そして生の不安を克服しようと、一つの賭をする。その決意が、大雪の日に山のサナトリウムを抜け出し、東京の夫に会いにいく場面に描かれている。しかし、その最後の賭は、菜穂子の側、心理の内側で敗れた。菜穂子の悲劇は最後の賭に敗れて、生の深い淵に、行きつくところもなく立ちつくすところで終わっている。

結局、菜穂子の悲劇は、生の不安から自由になろうとし、しかも真実の生を追求してゆくかぎり生の不安から自由になれないという生者の運命だと言える。ただ一つ、生の不安に耐えることだけしか残されていないという結末は、菜穂子の悲劇を一層完全なものとしている。作者が菜穂子に課した悲劇的な生者の運命への問いは、

しかし人生といふものは、お前がいつもさうしてゐるやうに、何もかもそれに任せ切つて置いた方がいいのだ。……さうすればきつと、私達がそれを希はうなどとは思ひも及ばなかつたやうなものまで、私達に与へられるかもしれないのだ。……

という「風立ちぬ」の文の中に答えはすでに用意されていたのである。

菜穂子の「生の運命」と対照的に描かれているのが、明の「夭折者の運命」である。明の生き方は、明の死によって完成するという真摯な生き方、ある意味で非常に実存的な生き方は、小説の発展にともなって菜穂子の意識の奥底に深い痕跡を残してゆく。明の夭折者の運命、それを克服した明の幸福が、菜穂子の悲劇を一層明確に浮かび上がらせているところに、この作品の特色がある。

……おぼえてゐるかしら、僕のずつと前に書いた「物語の女」のなかに出てくる菜穂子といふ若い娘を。…あの娘がいつかしら僕の裡ですつかり大人になつて、知らぬまに思ひがけず悲劇的な相貌を具へ出してきてゐたのです。みかけは異ふが、あの母と同質の、悲劇――いはば生の根源に向はうとする無邪気な心の傾きをそのまま、血気のあまりそれによく踏みこたへた母の抵抗ももたなければ、又彼女の共に生きなければならなかつた人々のより非人間的な、(それが世間では反対になんと人間的とおもは

れてゐることか！）冷たい心の機構のために、あやふく彼女を待つてゐたやうな悲劇のまつただ中に堕ちいらんとして、漸くふみこたへつつ、遂に一抹の光——あのレンブラントの晩年の絵の持つてゐるやうな、冬の日の光に似た、不確かな、そこここに気まぐれに漂ふやうな光を浴び出す一人の女の姿——そんな絵すがたを描いてみたい様な欲求が、いま、僕を捉へてゐるのです。（「菜穂子」覚書）

このレンブラント光線は、すでに「聖家族」の中で使われている。「聖家族」では、それは諸人物の上からどこからともなく射していたのに対し、「菜穂子」では、人物の内側から発する光線となっている。「菜穂子」という作品は、レンブラント光線で描き出された一人の若い悲劇的な相貌をおびた女の絵姿である。それもしっかり額縁の中にはいった……。

## 菜穂子のモデル

文学作品を鑑賞する場合、あくまでも作品自体を鑑賞するのが正道であろう。しかし、作品の素材になった事件とか、モデルとかについて調べてみることが邪道であるかというと、決してそうではない。それがかえって作品の理解を深める場合もある。

さて、「菜穂子」の場合であるが、これははっきりした特定のモデルはいないと言ってよい。「物語の女」が、片山広子聡子母娘をモデルにしているのであるから、その後編とも言える「菜穂子」には、「物語の女」に登場した菜穂子の成長した姿、すなわち片山聡子（宗瑛）と言えるかもしれないが、菜穂子の成長はあくまで堀辰雄の内部での成長であって、菜穂子はあくまで一人の創造された人物である。

一方、明の方はどうであろうか。

彼のロマネスクな傾向、大学の建築科を卒業し、建築事務所に勤めているという設定、市立療養所で死去（「菜穂子覚書」参照）、といった点を考え合わせると、堀辰雄の愛弟子であり、詩人であった立原道造が浮かんで来るが、これは外面的な条件であって、やはり明も堀辰雄の創造した人物だと言えよう。

なお、明が旅先で病を得て厄介になる、信州のO村の牡丹屋は、堀が昭和九年頃から毎年のようにそこで仕事をしていた信濃追分の油屋をモデルとしたものと思われる。

現在の油屋（旅館）

## 「菜穂子」における堀文学の限界

「菜穂子は」モーリヤックの「テレーズ・ディケルー」を下敷きにした作品であると言われている。たしかにそうではあるが、写し絵ではあるまいし、そっくりそのまま、テレーズ像を菜穂子に重ね合わせることはできない。

ここでは高名な「テレーズ・ディケルー」について解説することは避けるが、モーリヤックの傑作であり、世界文学史上の名作でもあるこの作品を、一読することを読者におすすめしたい。まあ公平に判断すると、

追　分（右が旧中仙道 左が新中仙道）

「菜穂子」よりは、「テレーズ・ディケルー」の方がすぐれた作品である。ちょうど、クヌート・ハムスンの「飢え」が、林芙美子の「放浪記」のずっと上位に置かれるように。しかし、国産品も大切にしなければならない。

「菜穂子」を書くにあたって、堀辰雄がモーリヤックから学んだものは、方法論であった。モーリヤックの小説の技術は現実の再現ではなく、現実の置きかえである。つまり、現実は単なる出発点であり、作家は作品の強引な支配者となることを捨てて、その出発点の漠然とした可能性を実現し、あるいは暗示するにとどめるという方法である。

菜穂子は、最後の場面からどう動き出すのか、作者にもわからない。菜穂子は、いつのまにか作者の手を離れて、いつのまにか一人で歩き出そうとしている。作者はただそれについて行くだけである。その最後の場面は、たしかにモーリヤックの「テレーズ・ディケルー」とそっくりである。

　こういう小説作法は、作中人物の心理や意識のうち側に、読者の意識を導いてゆく。結末がはっきりしていないから、つまり作者は結末をつけることを読者の手にゆだねているわけだから、犯人の分らない探偵小説を読むようで、どうも面白くないといった点がないでもない。しかし、文学は人間や人生についての何かの主題（テーマ）を提起することに重要な役割があるのだから、鑑賞者は、その与えられた主題に答えるという作業を行なわなければならない。文学というのは、夏休みの宿題のようなものかもしれない。しかし子供の頃の夏休みの宿題は、なんと私たちの生長に深い意味を持ち、大人になってからなんと多くのことを考えさせることか。

　「テレーズ・ディケルー」と「菜穂子」の類似点をもう少し具体的にいくつか指摘しておこう。たとえばテレーズが夫を毒殺しようとした真因がテレーズにも分らなかったように、菜穂子もサナトリウムを脱け出した意識の中の衝動が分らない点、また、菜穂子が「彼女は家を破壊することができなかった。しからば彼女の方が破壊されるであろう」(「テレーズ・ディケルー」)といったような女性であった点などをあげることが出来る。しかし、テレーズが自分に課し、また運命に課せられたような悲劇、その迫力は、「菜穂子」には薄い。堀辰雄の詩人の素質、ただ詠嘆的な文体が、当然生まれるべき迫力を殺してしまっている。「菜穂子」は、堀辰雄の野心的な試みにもかかわらず、また、堀文学の頂点を示す作品と一般に言われているにもかかわらず堀文学の限界をはっきり示す結果となってしまった。

# 曠野

「菜穂子」を書いた昭和十六年、堀は彼の王朝物の第四作であり、中でももっとも完成された作品と言われている「曠野」を書きあげた。これは雑誌『改造』の十二月号に発表された。

## 「曠野」の成立まで

「菜穂子」を書き上げた堀は、十月に大和に遊んだ。その時、多恵子夫人にあてて送った書簡をもとにして「十月」という作品を書いているが、その中に「曠野」を書くに至るまでの心の動きが語られている。それによると、堀は大和の旅で、今までの王朝物「かげろふの日記」「ほととぎす」「姨捨」よりもさらに時代のさかのぼった天平時代の小説、そこに万葉風なものを加味したものを書きたいと考えていたようである。しかし構想はなかなかまとまらず、「もう天平時代の小説などを工夫するのは止めた方がいいような気がしてきた」などと考えている時に、折口信夫の「古代研究」という本を読んでその中の一つの話に心をひかれた。それは、人妻となって子を生んだ、葛の葉という女狐の話であった。その後、堀はさらに狐の話を読むために、「日本霊異記」や「今昔物語」の本を買って来たりした。「曠野」はその時読んだ「今昔物語」の中の「中務大輔娘近江郡司婢話」を原典として書かれている。

## あらすじ

西の京の六条のほとりに、中務大輔（なかつかさのおおすけ）なにがしという落ちぶれた貴族が、妻と娘とともにひっそりとくらしていた。

娘は年頃になると、ある兵衛佐（ひょうえのすけ）にめあわせられ、たがいに愛し合う楽しい年月が過ぎていったが、次々と両親が死ぬと家は窮乏してゆくばかりであった。女は宮仕えに出てゆく男の世話も満足にできないのを悲しんで、自分と別れて出世の道を選んでくれと男に説いた。

男はさう言ひながら、ひと時、いかにもいたいたしさうな目つきで女を見た。しかし女はいつかそこに袖を顔にして泣き伏してゐた。男はしげしげと女の波うつてゐる黒髪を見てゐた。それから自分も急に目をそらせて、ふいと袖を顔に持つていつた。

男がその女の家に姿を見せなくなつたのは、それから何日もたたないうちだつた。

男が来なくなってからも、女はじっと待ち続けた。やがて使用人はいなくなり、荒れ果てた家に、最後は女一人だけが残された。しかし女は、じっとそこを離れようとせず、何かを待ち続けた。――あの方さえお仕合わせになっていて下されば、わたくしは此のまま朽（く）ちてもいい。――女はそう思うと、決して不幸ではなかった。

男の方も決して女を忘れていたわけではなかった。他の女のところに通うようになってからも、いつも思い出すのは袖を顔にしたその女のさびしげな姿であった。

ある日、とうとう男は、昔の女の家へ行ってみたが、人が住んでいるとは思えぬほど荒れ果てた家を見ると、女も他の男に見い出されてどこかに引き取られていったのだと考えた。

もう昔の女には逢はれないのだと諦め切ると、それまで男の胸を苦しいほど充たしてゐた女恋しさは、突然いひ知れず昔なつかしいやうな、殆ど快いもの思ひに変りだした……。

半年ばかりたった秋のこと、近江の国から、ある郡司の息子が宿直のため京にやって来て、女の家の片すみに住みついていたおばの老尼のもとに泊ることになった。その郡司の息子は、ひっそりとさびしい暮らしをしている女を見てひどく同情し、国へ連れて帰りたいと老尼にたのんだ。

やがて女は、郡司の息子とともに、近江の国へ下っていった。しかし郡司には、近江に妻があったため、女は、表向き婢として仕えることになった。胸がはりさけるほど泣いた女もいつしかそんな境遇に埋もれていった。

そうして、そこには自分が横切ってきた境涯だけが、野分のあとの、曠野のようにしらじらと残っているばかりであった。——いつそもうかうして婢として誰にも知られずに一生を終へたい——女はいつかそう考えるようになっていた。

それから数日の後、新しい国守が赴任してきて、郡司の家で宴が開かれた。国守は女をみてその哀れげな様子に不思議に心が動かされ、自分の部屋に呼びよせた。国守はその女をかき寄せながら、ふと自分が若かったころ、通い続けたある女の面影を心に浮かべた。「いや、自分の気の迷いだ」と思いながら、涙がとめどなくながれて女の髪をぬらした。国守は昔、女のもとへ通ってきていた、あの兵衛佐であった。

「しつかりしてゐてくれ。」男は女の背を撫でながら、漸っといま自分に返されたこの女、――この女ほど自分に近しい、これほど貴重なものはないのだということがはっきりと身にしみてわかった。――そうしてこの不仕合わせな女、前の夫を行きずりの男だと思い込んで行きずりの男に身をまかせると同じような諦めで身をまかせていたこの惨めな女、この女こそこの世で自分のめぐりあうことの出来た唯一の仕合わせであることをはじめて悟ったのだった。

しかし女は苦しそうに男に抱かれたまま、一度だけ目を大きく見ひらいて男の顔をいぶかしそうに見つめたぎり、だんだん死顔に変りだしてゐた。……

## 「曠野」の女

平安末期の説話集「今昔物語」の中の一つの物語に心をひかれた堀辰雄は、大和への旅で書きたいと願っていた天平時代の小説を捨てて、中世の一人の女の姿を、小説の主人公として心に描くようになった。ふしあわせな、自分を与えれば与えるほど、いよいよはかない境遇におちてゆかなければならなかった一人の女の、さびしい身の上話、その構想を持って堀は東京に帰った。

「曠野（あらの）」の女主人公は、運命にもてあそばれ、世間的には限りなくみじめな境遇に落ちながら、男の愛に生き、愛するが故に男と別れ、ひとすじに男を待つこと、男の身をいとおしむことに、幸福を見い出すというもっとも女らしい女として描かれている。

堀辰雄は、いずれも女を主人公とする王朝物を四つ書いている。昭和十二年に書かれた、最初の堀の王朝作品「かげろふの日記」の女主人公は、男のために絶えず苦しんだあまり、いつしかその苦しみなしには生きられなくなり、それほど貴重な苦しみを女に与えながら、それには一向気づこうともしない情知らずの男をいつかあわれむような気持になっていく、不幸になればなるほど気位の高くなる美貌の女性であった。

昭和十五年、「更級日記」を原典として書いた「姨捨」の女は、「日本の女の誰でもが殆（ほとん）ど宿命的に持つてゐる夢の純粋さ、その夢を夢と知つてしかもなお夢みつつ、最初から諦（あき）めの姿態をとつて人生を受け容（い）れやうとする」素直な生き方の女であった。

成立年代ではこの二作品の間に位置する「ほととぎす」は「蜻蛉日記」の下巻を素材にしたもので、女主人公は同一人物である。

「曠野」の女主人公は、これらの王朝に取材した作品のヒロインたちの中で最も謙虚であり、つつましやかな愛情に生きた女性である。彼女は献身的に男に愛を与え、そのため不幸な境遇に落ちながら決してそれを不幸だとは考えない。愛する男との対話を心の中でくりかえし、恋し続ける「曠野」の女は、永遠の愛を生きた永遠の女性像なのである。

自分では知らずに、命をかけて愛した男の強い抱擁のうちに死ぬ結末は、彼女の女としての崇高な人生への堀辰雄の憧憬と祝福とを象徴する結末だと言えよう。

「かげろふの日記」の女は、自分の運命に抗しつつ、自分の運命をきりひらいてゆこうとする能動的(アクティヴ)な女性であり、「菜穂子」の女主人公と人生態度の上で同系列である。

「曠野」「姨捨」の女主人公は、受動的(パッシイヴ)に自分の運命を受けとめ、あきらめをもって運命に従うことによって、運命を超えようとする女性達であり、「風立ちぬ」の女主人公と同系列に置かれる。

堀辰雄は、女性を主人公にした作品を多く書いたが、それらの女たちが、死と生と愛という三つの運命のテーマをどう受けとめたかという点で、二つの生き方を彼女たちに試みさせていることを指摘しておきたい。

# 堀辰雄の世界

堀辰雄の作品の中から、主要な作品九つを成立年代順に解説して来たが、文学というきめられた一つの型式の中で、堀は人生に何を問い、何を答えて来たのだろうか。

## 堀文学のテーマ

生も死も、また愛も人間の運命である。運命というのは、人間の自由にならないまま、人間に及んでくる人間の意志を超えたなにものかである。そして人間の体験としていやおうなしに人を襲う。「運命が訪れるやいなや、人間のいかなる者も、臆病な者も勇敢な者も、それを脱れることはできない」とホメロスは言っている。しかし本当に深い運命観は、運命をすすんで肯定し、享受し、愛する積極的な態度を与える。堀辰雄の文学は、生と死と愛という三つの大きな運命を、自覚し積極的に受け入れるというリルケ的思想の上に立っている。

人間の生ははかない、死はそこに待っている。しかもさまざまな運命的体験を背負わされている。それにもかかわらず、何故生は生きるに価(あたい)するのか。「ドウィノの悲歌」でリルケが問うた問いに、リルケはやがて次のような答を自ら与えている。「この世にあることはすばらしいことである。たといそれが二つの刹那のあいだのたまゆらにすぎないとしても、そのことによって人は存在をもつ。地上の存在になりきることのうちに、人間の自由がある。存在せよ、そして同時に非存在の条件を知れ！」と。

堀辰雄は結核であった。健康な人間よりさらに短い生を生きなければならない。堀辰雄は死に向かって自らの生を広げ、死と生の国境線を消すことに努めた。生という存在の中の、死という非存在。存在しつつ、非存在をも生きなければならないところに、生の不安は生まれる。堀は、存在の確証と成熟のために、生の営みの中でもっとも困難であり、窮極のものである愛の試煉を選んだ。別の説明のしかたをすれば、死と生の国境線に愛を置いたということができよう。

晩年の堀が、魂の孤独と病気の苦痛の中でも「僕が自殺をしたら、僕の今までの作品はみんな僕と一しょに死んでしまうだろう。……僕の努力はみんなむなしくなってしまうのだ」と言った言葉は、堀辰雄のリルケ的な生き方をはっきり示していると言えよう。堀辰雄の文学の中で自殺を試みるものは一人もいない。どんな運命の厳しい試煉、愛や死などのそれにぶつかっても、みな運命をすすんで享受し、それに身をゆだね、生の苦痛である死が訪れるまで、生きることを試みている。堀辰雄の文学は、風邪をひくとすぐ熱が出るような病者の文学ではなく、もっとひたむきな真実の生を追求した強靱な文学である。

**堀辰雄と外国文学**

堀辰雄は、人生観の上でも、小説の方法論の上でも実に多くのものを西欧の作家に負うている。もちろん芥川龍之介や萩原朔太郎の文学からも影響を受けており、芥川龍之介の場合は、その悲劇的な死が一つの体験とまでなっているが、その体験は、堀をまっすぐに西欧の作家、主としてリルケへと走らせた。リルケから学びとったものは、作品の背後にかくされている「小説家自身の活きた悲劇」を、どこまで作品の裏側に隠しおおすかという、文学者の運命の生き方の謎であった。また、「常にわれわれの生はわれわれの運命より以上のものである」というイデーを教えたのもリルケである。リルケとの出会いは、堀辰雄にとってまことに運命的なものであった。堀は、この運命に謙虚に従い、そこから多くのものを学びとった。

ラディゲやプルースト、モーリヤックなどからは主として小説の方法を学んでいる。

堀辰雄は、自分が外国文学の影響下に仕事をしていることを恥辱とは思わず、それをかくさなかった。むしろそこに堀辰雄の強烈な自己主張、自負をうかがうことができる。シャルル・デュ・ボスの「アンドレ・ジイドとの対話」の中の

私にとつては、いかなるフランスの作家からの影響も、ゲーテやドストエフスキイからの影響に比べると、実に僅少なものである。私は思ふに、もつともフランス的な良い頭脳といふものは、できるだけよけい外国の影響を受けるやうにできてゐるらしい。

というジイドの言葉を引用し、続いて

僕は、これを読んで、このなかの『もつともフランス的な良い頭脳』といふ一語を、『もつとも日本的な良い頭脳』といふ一語に置き換へたら、ジイドの言葉はもつと適格になりはしないか、とさへ思つた。

と書き、自身「もっとも日本的な良い頭脳」であるという自負を表明している。

**堀辰雄と日本古典**　堀辰雄が取材した日本の古典は、芥川龍之介などとはちがって、王朝の作品に限られている。「恋する女たちの永遠の姿」だけを描こうとした堀にとっては平安朝の女流文学の世界こそ、ふさわしいものであった。

堀辰雄が、王朝小説へ向かい始めたのは、「物語の女」を書いた頃であった。「物語の女」に描こうとした「もの静かな品よくくすんだ感じのロマネスクな気持をもった女性」と、王朝の日記の中の女の気持との間に、何か互いに通いあうものを感じたからである。堀辰雄の日本古典への回帰は、さまざまの外国文学によってたがやされた文学的土壌の上に、築かれたものであり、日本古典への精神の道程も、他の作家、芥川龍之介、谷崎潤一郎などと異なっている。

佐々木基一は、堀辰雄と芥川龍之介の歴史小説の違いを、

堀辰雄は、芥川のように、現代人の心理を古人にあてはめて、古人の心理を解釈する、いわゆる歴史の

現代化という方法を排して、自ら古代の心の中に生きることによつて、古人の心を現代に再生させた。そして、この再生された古人の心の中に現代人としての作者が生きたと、正確に表現している。

# 年譜

**一九〇四年**（明治三十七）**一歳**
十二月二十八日、麴町平河町に生まれた。生父堀浜之助、生母西村志気。生後すぐに堀家の跡とりにされた。

**一九〇六年**（明治三十九）**三歳**
ゆえあって、向島小梅町の母の妹をたよって、母とともに平河町の家を出る。

**一九〇七年**（明治四十）**四歳**
向島土手下で母が煙草などを商い、祖母と三人で暮らす。

**一九〇八年**（明治四十一）**五歳**
母とともに上条松吉（彫金師）にひきとられ、向島須崎町に移る。

**一九〇九年**（明治四十二）**六歳**
秋に洪水にあい、神田連雀町の問屋に避難し、しばらく滞在する。

**一九一〇年**（明治四十三）**七歳**
向島に帰り、水戸様の屋敷裏の新小梅町に引っ越す。生父堀浜之助死す。

**一九一一年**（明治四十四）**八歳**
四月、牛島小学校入学。

**一九一七年**（大正六）**十四歳**
三月、同小学校卒業。四月、東京府立第三中学校に入学、新小梅町の自宅より通学。

**一九二一年**（大正十）**十八歳**
四月、四年終了のまま、第一高等学校理科乙類に入学。入寮後、神西清を知る。同期には、小林秀雄・深田久弥らがいた。このころからフランス象徴派の詩人の作品に親しむようになる。

**一九二三年**（大正十二）**二十歳**
一月、萩原朔太郎の詩集「青猫」が出版され、耽読（たんどく）する。五月、三中校長広瀬雄に伴われて室生犀星を初めて訪れる。八月、室生犀星に連れられて初めて軽井沢に滞在。九月、関東大震災、母死去。十月、室生犀星によって芥川龍之介に紹介される。冬になって胸を病み休学。

**一九二四年**（大正十三）**二十一歳**
四月、向島新小梅町の焼跡に家を建て父とともに住む。夏、軽井沢に行き、芥川龍之介・室生犀星らとすごす。

**一九二五年**（大正十四）**二十二歳**
三月、一高卒業。四月、東京帝国大学文科国文入学。萩原朔太郎を訪ねる。室生犀星の家で中野重治・窪川鶴次郎・平木二六たちと話し合う。六月から九月にかけての長期間軽井沢に滞在。同人誌に小品等を発表するようになる。

**一九二六年**（大正十五・昭和元）**二十三歳**
コクトオ、ラディゲの作品に親しみ翻訳などする。四月、同人雑誌『驢馬』創刊、小品・翻訳などを発表する。

**一九二七年**（昭和二）**二十四歳**
「ルウベンスの偽画」（初稿）を『山繭』二月号に発表。これが芥川に見てもらった最後の原稿となった。フランスの詩人・作家の翻訳を多数発表。七月、芥川龍之介自殺。

**一九二八年**（昭和三）**二十五歳**
五月、『驢馬』第十二号を以て終刊。夏、「不器用な天使」を書く。八月末に軽井沢に行く。

**一九二九年**（昭和四）**二十六歳**
一月、卒業論文『芥川龍之介論』を書く。二月、「不器用な天使」を『文芸春秋』二月号に発表。三月、東大卒業。

**一九三〇年**（昭和五）**二十七歳**
「レエモン・ラディゲ」など多くのエッセイ、論文を発表。十月、「聖家族」を書く。十月末、ひどい喀血をして向島の自宅で床に着く。

**一九三一年**（昭和六）**二十八歳**
自宅療養を続ける。この頃、神西清よりプルーストの「失われた時を求めて」を贈られ、強い影響を受ける。四月、信州富士見のサナトリウムに入院。六月末に退院。八月から十月まで軽井沢に滞在。十二月、「燃ゆる頬」を書き、『文芸春秋』に発表。

**一九三二年**（昭和七）**二十九歳**
六月、「花を持てる女」（初稿）を書く。十二月末、神戸へ旅行し、ロシア人ばかりのいる小さなホテルに泊る。

**一九三三年**（昭和八）**三十歳**
五月、季刊『四季』を創刊。プルーストに関するエッセイ・論文を多く発表。七月から九月にかけて軽井沢で「美しい村」を書く。立原道造を知る。

**一九三四年**（昭和九）**三十一歳**
七月、信濃追分油屋に滞在。九月、矢野綾子と婚約。

「物語の女」を書く。十月、葛巻義敏とともに、翌年七月まで『芥川龍之介全集』決定版の編纂に従事。三好達治・丸山薫とともに『四季』を復刊。

**一九三五年**（昭和十）**三十二歳**
リルケに関するエッセイ等を多く発表。七月、婚約者矢野綾子に付き添って信州富士見のサナトリウムに入る。十二月、矢野綾子死去。

**一九三六年**（昭和十一）**三十三歳**
九月から十月にかけて「風立ちぬ」（「序曲」「風立ちぬ」の二章）を書き、『改造』十二月号に発表。十一月「冬」の章を書き、十二月、最後の章を書こうとしたが完成せず、追分で冬を越す。

**一九三七年**（昭和十二）**三十四歳**
この年日本の王朝文学に親しむ。六月、大和の古寺や嵯峨、大原などを旅する。九月から「かげろふの日記」を書き始め十一月に完成。「かげろふの日記」脱稿直後、それまで滞在していた追分の油屋が焼失し、立原道造らとともに焼け出される。十二月、「風立ちぬ」の終章「死のかげの谷」を書き上げ、「風立ちぬ」完成する。

**一九三八年**（昭和十三）**三十五歳**
一月、軽井沢を引きあげる。二月、喀血し鎌倉の病院に入院。四月加藤多恵子と結婚。軽井沢に新居を定める。暮に養父上条松吉危篤の報を受け、夜中に向島の家へ帰る。

**一九三九年**（昭和十四）**三十六歳**
三月、立原道造死去（二十六歳）。逗子より鎌倉小町に転居。前年夏から書き続けて来た「幼年時代」の筆を中途でおく。

**一九四〇年**（昭和十五）**三十七歳**
「菜穂子」の構想なる。五月、杉並成宗に家を新築。この年追分に夫人とともに長期滞在。「姨捨」を書く。十月、生前立原道造が編んだ『堀辰雄詩集』を深沢紅子のさし絵入りで刊行。

**一九四一年**（昭和十六）**三十八歳**
二月、「菜穂子」脱稿。十一月、「曠野」を書く。この年と翌年の二年間に木曾路・大和など日本古典のふるさとをたびたび旅行する。

**一九四二年**（昭和十七）**三十九歳**
五月、萩原朔太郎死去。七月「花を持てる女」を書く。

**一九四三年**（昭和十八）**四十歳**

志賀高原・京都・追分など各地を旅行、滞在する。

**一九四四年**（昭和十九）**四十一歳**
三月、喀血、五月まで絶対安静が続き、六月に軽井沢に移る。六月、津村信夫三十六歳で死去。

**一九四五年**（昭和二十）**四十二歳**
療養を続ける。

**一九四六年**（昭和二十一）**四十三歳**
角川書店より『堀辰雄作品集』を刊行。

**一九五〇年**（昭和二十五）**四十七歳**
衰弱がいちじるしく、寝たままで本も読めぬ状態が続く。

**一九五一年**（昭和二十六）**四十八歳**
七月、追分の新居に移る。

**一九五三年**（昭和二十八）**五十歳**
五月二十八日午前一時四十分、信濃追分の自宅で多恵子夫人にみとられながら死去。三十日自宅にて仮葬。六月三日、東京芝の増上寺で告別式。

## 参考文献


堀辰雄（人と作品）　丸岡明　四季社　昭28・11

堀辰雄――その生涯と文学――　佐々木基一・谷田昌平　五月書房　昭33・12

近代文学鑑賞講座・堀辰雄　角川書店　昭40・6

堀辰雄追悼号　『文芸』　昭28・8

堀辰雄人と作品　『文学界』　昭28・8

堀辰雄追悼　『近代文学』　昭28・9

堀辰雄における人間と風土　『国文学』　昭38・7

# さくいん

## 【作品】



## 【人名】



—完—

堀　辰雄■人と作品　　定価はカバーに表示

1966年4月30日　第1刷発行©
2017年9月10日　新装版第1刷発行©

・著　者　…………福田清人（ふくだきよと）／飯島　文（いいじまあや）／横田玲子（よこたれいこ）
・発行者　…………渡部　哲治
・印刷所　…………法規書籍印刷株式会社
・発行所　…………株式会社　清水書院

〒102-0072　東京都千代田区飯田橋3-11-6
Tel・03(5213)7151～7
振替口座・00130-3-5283
http://www.shimizushoin.co.jp

検印省略
落丁本・乱丁本はおとりかえします。



CenturyBooks

Printed in Japan
ISBN978-4-389-40112-2

CenturyBooks

# 清水書院の〝センチュリーブックス〟発刊のことば

近年の科学技術の発達は、まことに目覚ましいものがあります。月世界への旅行も、近い将来のこととして、夢ではなくなりました。しかし、一方、人間性は疎外され、文化も、商品化されようとしていることも、否定できません。

いま、人間性の回復をはかり、先人の遺した偉大な文化を継承して、高貴な精神の城を守り、明日への創造に資することは、今世紀に生きる私たちの、重大な責務であると信じます。

私たちがここに、「センチュリーブックス」を刊行いたしますのは、人間形成期にある学生・生徒の諸君、職場にある若い世代に精神の糧を提供し、この責任の一端を果したいためであります。

ここに読者諸氏の豊かな人間性を讃えつつご愛読を願います。

一九六六年

清水 幹(signature)

SHIMIZU SHOIN